講談社文庫

今日も君は、約束の旅に出る

瀬那和章

講談社

contents

モデル　松浦 稀
撮　影　Hana
装　幀　岡本歌織（next door design）

今日も君は、
約束の旅に出る

大切なものですか？　と聞かれたら、大切なものだよ、と答える。
だけど、実際にすべてを大切にしてる人は少ない。
都合のいいときには、さも重要なことのように振りかざされる。
都合の悪いときには、そんなもの知らないとそっけなく扱われる。
大切なもののはずなのに、蔑《ないがし》ろにされ、軽くみられ、そして、破られる。
いつだって忘れられがちな、人と人との会話のなかで生まれる、小さな決めごと。
それを私たちは、約束、と呼ぶ。

でも、一人だけ、約束を絶対に破らない人を知っている。
もし聞いても笑わないなら、彼の話をしてあげる。
笑わない？　絶対に？　約束だよ？

ヒーローは約束を破らない

もう駄目だと思った。

挫《ざ》折《せつ》ならなんども味わった。辛《つら》いことも数え切れないくらい乗り越えてきた。本当に絶望している人は絶望したなんて言わない、だから私はまだ頑張れる、そんな聞きかじった言葉で自分を奮《ふる》い立たせたりもした。

けど、今度のは駄目だ。

今日が、今この瞬間が、私のこれまでの人生の命日になる。

本当に命を絶つって意味じゃない。人生の大半を費やしてきたモノを手放すってこと。つまり、覚悟を決めてシンプルな言い方をするなら、夢を諦《あきら》める、ってことだ。

私の夢は、女優になることだった。

小学校にあがるころには、もう夢は決まっていた。私の人生は、そのためになにをするかだけでできていた。

演じることで食べていきたい。じゃなきゃ生まれてきた意味がない。それだけを信じてここまで来た。

高校を卒業してすぐに上京した。下北沢の小さなアパートを借りて、ずっと憧れていた演出家・南部《なんぶ》隆文《たかふみ》さんが率いる劇団に入った。両親には大反対され、勘当同然で家を飛び出したので、頼れる人はいなかった。必死でアルバイトをして生活費を稼ぎ、それ以外の時間は稽古《けいこ》に当てた。劇団で演技を学びながらオーディションを片《かた》っ端《ぱし》から受け続けた。でも、なにかをつかみ取ることはできなかった。短い台詞《せりふ》がある端役をもらうことはあっても、誰かに注目されることはなかった。

頑張れば頑張るほど、色々なことが上手くいかなくなっていった。

やがて、南部さんが大手プロダクションに引き抜かれ、劇団は解散になった。それがきっかけで多くの仲間が演劇の世界から去っていった。だけど、私の目標が揺らぐことはなかった。

一人だけ、私に才能があると言ってくれた人がいた。東京に出て六年目のときに仕事で知り合った助監督の裕也《ゆうや》。彼は、ほんの短い間だったけど、私の恋人だった。いつか自分が監督をやるときは必ず君を使うよ、そう囁《ささや》いてくれた。でも、半年で別れを告げられ、私より五歳年下の新人女優と付き合いはじめた。彼女は今、深夜ドラマで準主役を演じている。

去年の秋に、昔から大好きだった小説の舞台化が決まった。そのオーディションにすべてをかけた。バイトを辞め、起きて寝るまでを役作りのために費やした。

私が目指す役は、難病に侵された女性ピアニスト。体重を七キロ落とし、体の動かし方から声の出し方まで、彼女になりきって生活した。病気について調べ尽くし、多くの人から話を聞いた。ピアノも必死で練習した。何度も、指が動かなくなって苦しむ夢を見た。心も体も彼女と一体になっていた。

オーディションでは審査員の方々から絶賛された。手ごたえは十分。他の有名な女優たちを抑えて最終候補まで残り、今日、不合格の連絡が来た。選ばれたのはアイドルグループを卒業したばかりの女の子だった。

あと少しで、十八歳で東京に出てきてから十年目になる。

もがくようにチャンスを探し、挑み、そのたびに傷ついた。

人に話せば、ありきたりな苦労話だと思われるかもしれない。

女優志望の子の多くが、ガラスの靴を履いて生まれてきたような一握りの人たちを除いて、みんな経験していることだろう。

でも、十年間、傷つき続けた私の心は、もう限界だと告げていた。

時代劇の現場で見た、江戸時代の拷問《ごうもん》風景を思い出す。正座した囚人の膝《ひざ》の上に石の板をのせ、秘密を言うまで一枚ずつ数を増やしていく。九枚目まで耐えられた囚人が、十枚目でついに我慢できなくなって自白してしまう。

私にとって、今日の不合格の連絡が、十枚目の石だった。

もう、夢を見続けていられない。

札幌に帰って、両親に頭を下げて、なにか仕事を見つけて、それなりに生きていこう。

そう頭によぎった瞬間、急に立ち上がれなくなった。

私の後ろに延びていた、これまで必死で歩いてきた長い道が、崩れていく音が聞こえた。

誰かに話を聞いて欲しかった。だけど、夢を諦める、そんな言葉を素直に口にできるような仲間は、もう私の周りにはいなかった。

澱《よど》んだ水の中にいるように息苦しい。景色が灰色にくすんで見える。

でも、こんなに落ち込んでいるのに、薄情な涙は一粒も流れてこない。

視界の端に、ずっと私を応援してくれていた思い出が映る。

東京では滅多に見かけることのない、ラムネのガラス瓶。

それは、幼いころに、初めて夢を打ち明けた人から貰《もら》ったものだった。この十年、私をずっと支えてくれた宝物だ。


……ごめんね、私のヒーロー。


ガラス瓶に向かって、呟《つぶや》く。

約束、守れなかった。

でも、それはお互い様だよね。君だって、約束、守ってくれなかったんだから。

遠い夏の日が、プラネタリウムで部屋中に映し出したように浮かんでくる。

川沿いに広がる町。降ってくるような蟬の声。空を飲み込む入道雲。汗だくになって駆け上った石段。ラムネ瓶を頰《ほお》に当てたときの冷たさ。真っ黒に日焼けした少年の笑顔。

目を瞑《つむ》ると、あの日々を、すぐ傍に感じることができた。

十二歳の夏休みは、物心ついてから毎年言われてるように、記録的な暑さだった。

小学六年生。東京で生まれ育った私は、初めてお祖母《ばあ》ちゃんが住む田舎町にあずけられた。理由は、お父さんが札幌に転勤になったから。両親だけで先に引っ越し先を見に行って、落ち着いてから私を呼ぼうという配慮だったらしい。

群馬県の北部にある山に囲まれたのどかな集落は、川音町《かわねまち》という名前だった。その名の通り、山から集まってきた雨水が注ぎこむ大きな川が真ん中を流れていて、町のどこにいても耳をすませば水の音がした。

お祖母ちゃんの家に車で向かう途中、お父さんは、学校の友達と離れ離れになってしまうことや、夏休みをお祖母ちゃんの家で過ごさないといけないことを何度も謝った。そんなの、あの時の私は、全然気にしてなかったのに。

友達との別れは三日で立ち直った。札幌にいくのも、私の将来の夢のためには良い経験になるだろうと思った。お祖母ちゃんの家にいくことは、楽しみでしかたなかった。

たまに東京に遊びに来るお祖母ちゃんのことは大好きだったし、夏休みに田舎に帰る、ということにずっと憧れていた。

お祖母ちゃんの家に着いたときの感動は、今でも覚えている。

ビルのない町の空は広くて高かった。日差しは強いけど、アスファルトやコンクリートが少ないせいか、東京と比べると涼《すず》しかった。まばらに浮かぶ雲は、太陽の熱に溶かされているように薄くて、目を細めれば後ろの宇宙まで透けて見えそうだった。

晩ご飯ができるまで町を散歩してきたらどうだい、両親が帰ったあと、お祖母ちゃんはそう言った。町の子供たちがいつも遊んでいる公園のことを聞いて、すすめられるままに出かけた。私の胸は、新しい友達ができる予感に膨《ふく》らんでいた。

でも、その期待はすぐに裏切られる。

私は耳がいい。どうしてそう言うのか知らないけれど、地獄耳だ。公園につくなり、耳に飛び込んできたのは、あまり面白くない会話だった。

「なんだあいつ、見かけないやつだな。しかも、なんか気取った格好してやがる」

「手、ほっそー。しかも白《しれ》ぇな。なに食ったらああなんだよ」

「たぶん、母ちゃんたちが、シゲバアのところに夏休みのあいだだけ東京から遊びにくるって話してたやつだ」

「げぇ。じゃあ、すぐ糠《ぬか》臭くなるな」

シゲバア、というのはお祖母ちゃんのことだった。お祖母ちゃんは、糠漬けをたくさん作って町中に配っていた。とても美味しいと評判で、お祖母ちゃんといえば糠漬けってくらいに有名だった。

公園にいたのは、そのグループだけだった。男の子が三人と狐目の女の子が一人。気後れしそうになるのを、素敵な夏休みにするんだ、と奮い立たせた。

ピンと姿勢を正して近づくと、喧嘩《けんか》でも受けて立つように、いちばん体の大きいリーダーっぽい男の子が立ち塞《ふさ》がった。

緊張しているのを隠して、笑いかける。

「私は、国木《くにき》アオ。夏休みのあいだ、この町にいるの。短い間だけど、私と、友達になってくれないかな？」

そう言いながら、右手を差し出した。このころ、アメリカのドラマに嵌《は》まっていた私には、挨拶のときに握手、がちょっとしたブームだった。

名前を知ったのはもっと後だけど、リーダーの男の子はツネくんといった。クリーニング屋の長男で、いつも弟たちの世話を焼いている頼れるお兄ちゃん。正義感が強くて、将来の夢は警察官。だけど、この時は、ちょっと意地悪だった。

「なんだよ、それ。どうせ田舎もんだって馬鹿にしてんだろ。すぐにいなくなる都会のやつとなんて、一緒に遊ぶかよ」

「そんなこと言わないで、仲良くしてよ」

食い下がって、彼の手を握った。

ツネくんは目を見開いて、勢いよく振り払った。それから、腰をかがめて砂をつかむと、私の服を目掛けて投げつけた。今ならわかる。きっと照れくさかったんだ。女の子と手を握るっていうのは、川音町の男の子たちにとっては過激で恥ずかしい行動だった。当時の私は、もちろんそんなことわからず、いきなりの仕打ちに傷ついた。

リーダーの真似をして、他の男の子たちも砂を投げ始めた。狐目の女の子が「やめなよー」と声を上げるけれど、止めようとはしてくれない。

しゃがみこんで、両手で顔を庇《かば》う。

やめて、やめてよ、と繰り返すけど、誰にも届かなかった。

「糠臭いのがうつるだろ、さわんな」

「いきなり、へんなやつ」

砂といっしょに、男の子たちの声が降ってくる。

なんでこんな目にあうんだろう。この町にくるのを楽しみにしてたなんて、バカみたいだ。

ここで一ヵ月も過ごさなきゃいけないのか……最低の、夏休みだ。

と、その時だった。

「お前ら、そいつから離れろっ！」

野太い声と同時に、誰かが駆けてくる。

蹲《うずくま》っていたせいで、姿は見えなかった。ただ、踏み切るのに合わせて地面が揺れるような、力強い足音を全身で感じた。

「げ、また久太郎《くたろう》かよ」

ツネくんが天敵に会ったように呟く。

跳ねるような足音が、私と男の子たちの間に飛び込む。そして、叫んだ。

「つまんねーことしてんなよ、また泣かされてぇのか！」

見上げる。私に背を向けていたので、顔は見えなかった。でも、それ以外の部分は、強烈に目に焼きついた。

色褪《あ》せてすり減ったサンダル、カーキ色でボロボロの短パン、土で汚れたランニングシャツ、日に焼けて真っ黒な肌、短くてツンツンはねた髪、どうやったらそんなとこに怪我するのかわからないけれど肩と首筋に絆創膏《ばんそうこう》。手には太い木の棒。

それが、ヒーローと出会った瞬間だった。

私は、その、東京の学校には絶対にいない、野性味に溢《あふ》れていて、とびきり田舎の子供っぽい彼に、強烈に惹《ひ》かれた。

棒を振りかざし、ヒーローが叫ぶ。

「さぁ、どうすんだよ。文句あんならかかってこい！」

「誰が、お前みたいな野生児と喧嘩なんかするか」

ツネくんは顔を顰《しか》めて、関わりたくもない、というように公園から出て行った。他の子達もリーダーに続いて離れていく。

後で聞いた話だと、突然現れた少年とツネくんはこれまで五回喧嘩をし、いずれも少年の圧勝だったそうだ。それ以来、ツネくんは、逃げたと思われないように「コイツとは関わりたくない」というスタンスを取っているらしい。

「……お前、大丈夫か？」

彼が話しかけてくる。いつの間にか、公園には二人だけになっていた。

「うん。助けてくれて、ありがと」

立ち上がって砂を払っていると「お前、強いんだな」と笑われた。喉《のど》の奥がひび割れてるような笑い声だった。

「強くないよ、見てたんでしょ。仲良くしたかったのに」

「あぁ。でも、強いよ」

彼はそう言って、今度は声を出さずに笑顔を向ける。楽器屋でみた新品のピアノの鍵盤のように真っ白い歯が、キラリと光っていた。

「いいものやるから、ついてこいよ。それ飲めば、元気でるからさ」

ほんの一瞬だけ迷ったのは、この町で最初に出会った同世代の子たちの印象が最悪だったからだ。でも直感で、彼は大丈夫だってわかった。

「変なものじゃないでしょうね」

「大丈夫だって、すげぇうまいから。あ、まだ名前いってなかったな」

彼はそう言うと、木の棒を近くの藪《やぶ》に棄《す》ててから、キラリと光る歯を見せて笑った。

「森《もり》、久太郎だ。よろしくな」

それから、私たちは簡単な自己紹介をしあった。森久太郎、私のヒーローは、歴史の教科書に出てきそうな名前だった。

公園を出て、田んぼ沿いの畦道《あぜみち》を進む。日差しが強くて、少し歩くたびに額に滲《にじ》む汗をハンカチで拭《ぬぐ》わないといけなかった。彼は気にならないようでダラダラと流したまま、目にかかったときだけランニングシャツの裾《すそ》で拭った。

まとわりつくような暑さの中、町のどこにいても聞こえてくる川の音だけが、風鈴のように涼しさを運んでくれる。

「あいつら、他所《よそ》もん嫌いなんだよ。今のところ、学校じゃなんとなくあいつらが中心だから、それを壊されたくねぇんだ」

「久太郎くんは、嫌われてるの？」

「嫌われてる。親父がロクデナシだからな」

「ロクデナシってなに？」

「ダメな大人ってことだよ。親父は若いころ、東京に住んでたんだ。俺がまだ小さいころにお袋と別れて、会社を潰《つぶ》して、いっぱい借金してこの町に戻ってきた。町の人からもたくさん金を借りてる。父親がダメだと息子もダメだってのがこの町のやつらの常識なんだ」

「じゃあ、お母さんも、いないんだ」

「あぁ。東京に住んでたときのことは、あんまり覚えてねぇから。顔も忘れちまったよ。別に、また会いたいとも思わないしな」

それがどんな気持ちなのかまったく想像できなかったので、どんな言葉をかければいいのかわからなかった。ただ、心配されたいわけじゃないっていうのは伝わったので、わざとらしいくらいの演技でそっけなく答えた。

「へぇ。それは、大変だね」

「別に、大変じゃねぇよ。親父には親父の、お袋にはお袋の、ジンセイってのがあったんだろ」

「ジンセイ、か」

そんな単語を口にする男の子は、今まで、私の周りにはいなかった。

この日からしばらく、自分が久太郎の立場だったらどんな気持ちになるだろう、と考え続けることになる。それは、ずっと胸に抱いている夢に近づくためのささやかな習慣でもあった。三日後、やっとイメージすることができて、彼の前で大泣きすることになる。

「なんか……久太郎くんって大人だね」

彼は照れくさそうに、鼻をごしごしと乱暴に擦《こす》った。

田んぼを抜けて町外れまで歩くと、山際に広がる森が見えてきた。木々に挟まれるように、赤い鳥居が立っている。その向こうには山へと続く石段が延びていた。

「ここだ、この上だよ」

「え、でも、この先って神社でしょ？　神社でその飲み物を売ってるの？」

「いいから、ついて来いよ」

石段を上っていると、山の麓《ふもと》にぽっかり開いた穴のような空間が見えてくる。入口には二匹の狛犬《こまいぬ》が待ち構えていた。目の下が鮮やかな赤色で縁取《ふちど》られているのが可愛らしい。

階段を上り切る。テニスコートくらいの広さの境内は、背の高い銀杏《いちょう》に囲まれていた。奥まった場所に、古びた神社がある。降り注ぐ蟬の声が音量を増し、あんなにはっきり聞こえていた川の音もかき消される。そのせいで、どこか違う世界に迷い込んでしまったような不思議な感じがした。

「ちょっと待ってろ。今からとってきてやるから」

そう言うと久太郎は、神社の脇《わき》にある倉庫に走っていった。泥棒みたいにキョロキョロしながら中に入り、しばらくして二本のガラス瓶を持って出てくる。

ほらよ、と得意気に手渡されたのは、ガラスに入った透明なジュースだった。杏子《あんず》サイダーというシンプルなラベルが貼ってある。真ん中が少しくびれていて、飲み口はビー玉が塞いでいる。ガラスのラムネ瓶、話には聞いていたけど実物を見るのは初めてだ。

「このサイダーな、町の名物なんだよ。もうすぐ縁日があって、そのために神社のジジイがまとめ買いしてるんだ。毎年、屋台で売るからさ」

「え、売り物なの？　そんなの、もらっていいの？」

「大丈夫だって。今は役場で祭りの打ち合わせしてるから、ここには誰もいない」

「だから、それって」

「二本くらい減っててもばれないって。あ、まだ飲むなよ。冷えてないから」

そう言うと、境内の端にあった手水舎《ちょうずや》の水瓶《みずがめ》にラムネを入れる。石でできた水瓶の脇には小さな龍の石像があって、口から休みなく水を垂れ流していた。

「そんなところに入れていいの？」

「心配すんな。ここの水、湧き水から引いてるから冷たいんだぜ」

「そういうことじゃないけど」

少し迷ったあと、神様に向かって「ちょっとだけ貸してください」と一礼してから、私もラムネを入れる。

私の入れたラムネ瓶は水瓶の底をすべって、久太郎のラムネにもたれかかるようにして止まった。

なんだか、こんな風にルールを破るのは初めてだった。ルールを守らない男子を見るたび、子供っぽい、と思っていた。でも、実際にやってみると、かなりドキドキした。

ラムネが冷えるまでのあいだ、自分のことを話した。東京で生まれ育ち、お父さんの仕事の都合で札幌に引っ越すことになって、その前に夏休みのあいだだけお祖母ちゃんの家にあずけられたこと。シチューが好きなこと。ドラマや舞台を見るのが好きなこと。給食のハンバーグの中にときどき入っている椎茸《しいたけ》が苦手なこと。寝る前に本を読むのを日課にしていること。まだ誰にも言っていないけど、ずっと憧れている夢があること。どんな夢かは秘密なこと。

他愛もない話を、久太郎はずっと笑って聞いてくれた。

「もうそろそろいいだろ。飲もうぜ。あ、開け方わかんないか」

話がいち段落したところで、水瓶の中からラムネを拾ってきてくれる。それから、ポケットから取り出した小さな筒みたいな部品と一緒に渡してくれた。

「こうやって、この小《ち》っちゃいので、ビー玉を押すんだ。ぐっと」

「ぐっと？　ぐ……わぁ！」

勢いよく押すと、泡が吹き出してきた。両手がすぐにべたべたになる。

「へったくそだなぁ」

「ちゃんと教えてくれないからでしょ」

「俺のせいかよ。ほら、こうやって飲むんだよ。ビー玉に邪魔されないようにするのが難しいんだ」

ビー玉が転がってこないように工夫しながら、なんとか口に含む。

これまで感じたことのない味が舌を刺激した。飲んだ瞬間は、砂糖を舐《な》めてるような甘さだった。でも、杏子の風味なのか、後味が急にすっぱくなる。おまけに炭酸が普通のサイダーより強くて喉がチリチリと痛い。

「すごい……新しい」

マズくもないけど美味しくもない。こんなに、気を遣って感想を言ったのは初めてだった。

「だろ。俺、これ好きなんだ」

久太郎は真っ白い歯を見せて、自分の味覚に百パーセントの自信を持ってるように笑った。あんまり嬉しそうに飲むので、もう一口だけ口に含む。やっぱり美味しくはない。でも、なんだか癖になりそうだ。

「おい、こら、久太郎。なにしとる」

突然、後ろから声がかかった。

「げ、ジジイ。なんでいるんだよ、今日はたしか」

「役場の会合なら、とっくに終わったわい」

神主の服装をしたお爺《じい》さんが立っていた。白髪で頬がこけている、細身だけど武道の達人みたいな迫力のある人だった。

「それは売り物だって知っとろうが」

「すいません。久太郎くんは、私を元気づけようとしてくれたんです」

お爺さんがすごく怒ってる様子だったので、慌てて声を上げる。

「違う、アオは関係ねぇ。サイダーは俺が勝手に盗んだんだ」

「アオ？　あぁ、なるほど、お嬢さんがシゲさんの孫か」

神主さんの表情が急に緩む。それから、面白そうに私と久太郎を交互に見る。

「久太郎、このお嬢さんが遊びに来た時は、勝手にサイダー飲んでいいぞ。ただし、一日に一本ずつだからな」

怒られると覚悟した様子だったのに、久太郎はぱっと笑顔になる。

こんなに感情表現が素直な男の子も、今まで、私の周りにはいなかった。

「ほんとか、ジジイっ！　やった、これで毎日サイダーが飲める。なぁ、お前、明日も遊びに来いよな。ぜったい来いよ」

「そんなに、このサイダーが飲みたいの？」

「飲みたいに決まってるだろ」

彼のことを、もっと知りたかった。でも、この関係は今日限りのものだとも思っていた。明日もずうずうしく遊びに来ることなんてできない、と決めつけていた。

「いいか、来ないと怒るからな！」

だけど、その言葉で、私の中にあった遠慮は吹き飛ばされた。来ないと怒る。そう言われたら、遠慮なんかしてられない。今思えば、神主さんは、私のそんな気持ちを察して提案してくれたのかもしれない。

サイダー一本ではしゃぎ回る久太郎を見ていると、思わず吹き出してしまった。

「なんか……久太郎って、子供だね」

「なんだよ。さっきと言ってること違うぞ」

膨れた顔がまた子供っぽくて、私はしばらく笑い続けた。

それから毎日、久太郎と一緒に遊んだ。

待ち合わせは必ず神社の境内で、私たち二人が揃《そろ》うと、神主さんはサイダーを一本ずつくれた。ずっと一人ぼっちだった久太郎が私と一緒にいるのを、喜んでくれているみたいだった。一緒にいてもらっているのは、私の方だったのに。

珍しい鳴き声の鳥を追いかけて野山を駆け回ったり、Tシャツのまま川で泳いだり、岩場に隠れている魚を探したりした。虫がでるたび騒ぐ私を久太郎が笑い、サイダー一本にはしゃぐ久太郎を私が笑った。お祖母ちゃんの畑でとれたスイカを一緒に食べて、神主さんに教わりながらお盆の飾りを作った。

夏祭りの夜、河川敷から並んで見上げた花火は、今という瞬間が火花を散らして溶けていくようで、綺麗なのに、切なかった。

一緒にいるうちに、町の他の子たちのこともわかってきた。ツネくんといつも一緒にいる二人は、キュウ太くんとカワくん。狐目の女の子はキヨちゃん。

ツネくんのグループと久太郎は敵対しているけど、いつもってわけじゃない。たまに隣町の子供たちに野球のグラウンドを取られたり、中学生に低学年の子が泣かされたりすると、急に団結して解決に向かうんだ。

雨の日は、一緒にお祖母ちゃんの家で絵を描いた。久太郎は信じられないくらい絵が上手だった。黒い鉛筆しか持っていないらしく、私が東京から持ってきた二十四色の色鉛筆に目を輝かせていた。彼が二十四色を駆使して描き上げた風景画は、これまで見た同世代の子たちの作品の中でも飛び抜けて綺麗で、鮮やかに川音町の景色を切り取っていた。

そして、楽しい日々はあっという間にすぎて、夏の終わりがやってくる。

八月二十八日。私はこの日を忘れない。

お父さんとお母さんが、私を迎えに来た。

二人と一緒にレンタカーで空港に向かい、そこから飛行機で札幌に飛び立つ。

でも、そんな未来のことは、私にとってどうでもいい出来事に成り果てていた。十二歳の夏を一緒に過ごした男の子と別れるのが悲しくて仕方なかった。

夏休みのあいだしかこの町にいないことは、出会ったときに話していた。二十八日に旅立つことも伝えていた。だけど、当日まで私たちは、お互いに別れが迫っていることを意識しながらも、それを見ない振りをしてすごしてきた。

出発前、両親に石段の下で待ってもらって、いつものように神社の石段に座って話をした。

境内を囲む青々とした銀杏並木からは相変わらず蟬の声が降り注いでくるけれど、初めてこの町に来た日よりは小さくなっていた。

「お前がいなくなると、杏子サイダー、飲めなくなるな」

いつものように手水舎でラムネ瓶を二本並べて冷やしながら、久太郎が呟く。

「私、忘れないよ。ここでサイダーを飲んだこと」

最初は変わった味だと思っていた杏子サイダーは、すっかり大好物になっていた。この夏が終わってからは、一度も飲んだことはないけれど。

「なぁ、来年、また来るよな」

「……わかんない。私、遠いところにいっちゃうから」

「そっか。でもさ、またいつか、会えるよな？」

「うん、会える。大人になったら、会えるよ」

「大人になったらか」

「大人になったらきっと、自由に色んなことができるようになる。自分が行きたいところに行って、会いたい人にも会えるようになる。遠いところにもいけるようになるから」

「そっか。そうだな」

「手紙、書くよ」

「俺も書く……苦手だけど」

中学生になったら、携帯電話を持たせてもらえることになっていた。でも久太郎の方は、そんなことはないだろう。久太郎の家に行くことはなかったけれど、お金がないこともお父さんが変わった人だってこともなんとなくわかっていた。

だから、まだ子供だった私たちに残された繋《つな》がりは、手紙だけだった。

「いいこと考えた。私からの手紙が届いたら、絵、描いて送り返して。秋や冬や春の、この町の景色も見てみたい」

「この町の絵、か」

「他の場所でもいい、久太郎が好きな景色ならどこでもいい」

「わかった。お気に入りの場所を見つけて、描いて届ける」

私たちはずっと、石段を見詰めながら話していた。どんな顔をしているのか、お互いに見ることができなかった。

でも、このままじゃきっと後悔する。そう思って、千切れ雲のようにばらばらになっていた勇気をかき集めて顔を向ける。

私のヒーローは、大切にしていたものが壊れてしまったみたいに、悲しそうな目で俯《うつむ》いていた。日に焼けた頬がこわばって、奥歯に力が入っているのがわかった。

「不安？」

久太郎は、少し迷ってから頷《うなず》く。

それはそうだ。大人になったら会えるなんて、それまで手紙のやり取りを続けるなんて、いつ切れてもおかしくない、頼りない繋がりだろう。

だから、誰にも話していないことを、口にした。

「あのさ、私、夢があるっていったの、覚えてる？」

初めて会った日、夢があることを打ち明けた。そのときはまだ、誰にも言えない秘密だった。でも今は、たった一人、どうしても聞いて欲しい人がいる。

「私ね、女優になりたいの」

「女優、か。そういや、花火の前に中学のやつらに囲まれた時、お前の演技のおかげで助けられたよな」

彼が思い出したのは、夏祭りの日に仕返しされたことだった。

低学年の子が中学生にイジめられたのを、ツネくんと久太郎が駆けつけて食い止めたことがあった。夏祭りの日に、そのときの中学生が友達をぞろぞろ連れて現れたのだ。

さすがに五人相手だと、久太郎でも歯が立たない。羽交《はが》い絞《じ》めにされて殴られそうになっているのを見つけて、咄嗟《とっさ》に「先生、こっちです、早く来てください！」という声を上げた。もちろん先生なんていなくて、ただの演技だった。

中学生はそれを聞いて、いい引き際だと思ったんだろう、久太郎を解放して去っていった。後で、私の声が嘘だと知った久太郎はお腹を抱えて笑った。

「お前なら、きっと、叶えられると思うぜ」

「うん、ありがとう。私、ぜったいに有名な女優になるから。テレビにも出て、どこにいても久太郎の目に留まるようになるから。もし、手紙のやり取りが途切れたとしても、私の舞台を見に来て。初めて主演をやるとき、一番前の席を空けておくから、きっと、見に来て」

「……あぁ、わかった」

それが、私にできる精一杯の約束だった。

久太郎はやっと、真っ白い歯を見せて笑ってくれた。

「なぁ、なんで、女優になりたいって思ったんだ」

「こんな話をしても、よくわからないかもしれないけど。小さいときのことでね、他の記憶はすごく曖昧《あいまい》なのに、一つだけはっきり覚えてることがあるの」

物心がついたばかりのころ。人生が一冊の本だとしたら、表紙をひらいてすぐの目次やプロローグあたりにある、原風景とでもいうような記憶だった。

「古い映画を、一人で見てた。じっと、身動きもせずに見てたの。そこには、とても綺麗な女の人と背の高い男の人が映っていて、二人は競馬場にいたの。きっと、そのときに、決まったんだ。私、これがやりたいって」

久太郎を振り返ると、彼は、眩《まぶ》しそうに目を細めていた。

「……変、かな？」

「そんなことねぇよ。むしろ、夢なんてそんなもんなんじゃねぇか。みんなが納得するわかりやすいきっかけがある方が胡散臭《うさんくさ》いだろ」

「そっか。そうかもしれないね」

石段の下から、お母さんの「もうすぐ出発の時間よ」という声が聞こえてきた。それが、私たちの夏の終わりを告げる声だった。

「じゃ……いくね」

「飲む時間、なくなっちまったな。持ってけよ」

久太郎は、杏子サイダーを渡してくれた。

受け取ったガラス瓶はとても冷たかった。表面を伝った水が、手の甲を涙のように流れ落ちていく。

このサイダーを車の中で飲みながら、私は泣き続ける。空港についてからも飛行機に乗ってからも、泣くのと泣き疲れて眠るのとを繰り返すことになる。そして、この杏子サイダーの空き瓶は、今も私の部屋に飾られている。

最後に、彼は、もう一つだけ約束をしてくれた。

「もし、お前が辛いことや悲しいことがあったとき、どうしても一人じゃ耐えられなくなったら、どこにいても駆けつけるからな」

「本当に？　約束だよ」

「あぁ、約束だ」

なんども振り返りながら、石段を降りた。

私のヒーローは、見えなくなるまで手を振ってくれた。


札幌についてから三通、手紙を出した。

でも、一通も返ってこなかった。それからしばらくして、お祖母ちゃんから、久太郎がお父さんに連れられて急に町を出たことを聞いた。転居先の住所は誰も知らない。きっと、普通の引っ越しじゃなかったんだろう。

私と彼の繋がりは、そこで切れた。

それ以来、一度も会っていない。

すっかり思い出の中の人だ。

でも、久太郎との思い出は、ずっと私を支えてくれた。辛いとき悲しいとき、なんどもラムネ瓶を眺めては、日に焼けた笑顔を思い出した。挫折を味わうたび、夢を打ち明けたときに言ってくれた「お前なら、きっと、叶えられると思うぜ」という言葉を思い出しては、踏ん張ってきた。

でも、それも、もう限界だ。

一人で頑張り続けるには、限界がある。

今日が、その日だった。

もう一度、本棚に飾ってあるラムネ瓶を見る。

胸の中、夏休みに交わした二つの約束が、サイダーの中の泡のように浮かんで弾けた。

夢が叶って舞台で主演をやることになったら、見に来てという約束。ごめんね、せいいっぱいやったけど、守れそうにない。

どうしても一人じゃ耐えられなくなったら、どこにいても駆けつけるという約束。嘘つき、来てくれないじゃない。

その時だった。

ラムネ瓶が揺れた。

カタカタと底を棚板にぶつけながら躍り始める。

いや、違う。部屋中が揺れていた。

地震だ。食器棚の中の皿たちがいっせいに音を立て始める。

それほど大きな揺れじゃない。震度でいうと二か三くらいだろうか。日本人なら大騒ぎしない程度の横揺れがやってくる。

部屋の真ん中にいれば、なにも降ってこないのはわかっている。だけど、一人きりの部屋で地震にあうのはやっぱり不安だ。ぎゅっと目を瞑り、収まるのを待った。

十秒くらいで揺れが止み、静かになる。

静寂が戻ってくると同時、正面から声が聞こえた。

「……どこだ、ここ？」

目を、開ける。

私に背を向けて、知らない男が立っていた。

いつの間に、どうやって、そんなことを考える余裕はなかった。ただ、頭が真っ白になって思考が止まる。

「女の人の、部屋？」

男が呟く。まだ若い、血の気が多そうな感じのする声。

天高く放り投げたボールが戻ってくるように、私の頭が目の前で起きたことを認識する。

気づいたときには、喉の奥が引きつっているような悲鳴を上げていた。

怖いのか驚いてるのかわからない。ただ、これまでどんな演技をしたときも出たことのない悲鳴だった。なるほど、本当のパニックっていうのはこういう竜巻みたいな感情なんだと、長年培《つちか》ってきた頭の隅っこにいる演劇脳が呟く。

男は驚いたように振り向き、私を見てさらに目を見開く。

勝手に人の部屋に現れて、その態度はなんだ、と腹立たしくなった。おかげで、少しパニックが落ち着く。

「誰っ、あなた、誰っ！」

叫びながら、観察する。

背が高い。横に並んだら、私の顔は胸くらいにきそうだ。日に焼けたような小麦色の肌、黒い短髪、反骨心に溢れた顔。首に絆創膏が貼ってあって、なんでそんなところに怪我するんだと言いたくなる。

今は二月の初めなので、さすがにランニングシャツじゃない。ビンテージのような傷だらけのジーパンに使い古されたカーキ色のアウトドア用ジャケット。そのくたびれ具合もどこか懐かしい。背中には長い旅をしているようなバックパックを背負っていた。

……ん!?

すべてに既視感があった。

私がそれを口にするより先に、男は、笑顔で告げた。

「もしかして、アオか？　俺だ。森久太郎だ」

「え、うそ、久太郎？」

それは確かに、服装も雰囲気も顔も、あの日のまま大人になったような森久太郎だった。

「なんでここにいんのよ！」

叫んで、気づく。

「もしかして……私の妄想？　私が生み出した妄想なわけ？　そこまで病んでた!?」

久太郎は自分の腕を、見ているだけで痛そうなくらいぎゅっと抓《つね》る。

「なに言ってんだ。俺は、俺だよ。ちゃんとここにいる。ほら、ちゃんと痛い」

あんたが痛がっても、私にとってリアリティの証明にはならないよ、と突っ込みたくなったけど、その真っ直ぐで力任せな馬鹿さ加減が、あの夏の日の少年と重なる。

「なんで、どうしていきなり」

「決まってるだろ。お前との約束を守るためだよ。俺がここにいるってことは、お前が、どうしても一人じゃ耐え切れなくなったってことだろ？　約束したもんな、そんときは駆けつけるって」

「ごめん……なに言ってるのか、さっぱりわからない」

「覚えてないのか？　小六の夏休みだ。お前が川音町から出ていくときに、約束したんだよ」

「それは覚えてる！　その約束のことは覚えてるけど、でも」

久太郎が笑う。その口元に、ピアノの鍵盤のような白い歯が見えた。

「その約束を、果たしにきたんだ」

普通なら、納得できるわけない。

いきなり部屋に、十二歳の時に別れたっきりの男の子が現れた。どうやって、なんで、疑問はいっぱいある。もっと怖がってもいいはずだ。

でも、今日の私は、特別だった。

ぜんぶを後回しにして、泣いた。

限界だった。聞いてほしかった。誰でもいいわけじゃない。ちゃんと私のことをわかってくれる人に、話を聞いてほしかった。久太郎と話がしたい、ずっとそう思ってたんだ。

東京に出てから、一度も泣いたことはなかった。

劇団がなくなっても、オーディションに落ち続けても、恋人を五歳も年下の新人女優に奪われても、負けるものかと歯を食いしばって生きてきた。

堪《こら》えてきた涙は、どこかに消えたわけじゃなかったらしい。ちゃんと蓄積されていたんだ。

十年分泣き続けた。泣きながら、これまであった辛いことを、十年分の涙の理由を打ち明けた。

久太郎は時間も文脈もデタラメになっている私の話を、笑顔で聞いてくれた。一つ聞くたび「がんばったな」と頷いてくれた。それが嬉しくて、また次の涙が出てきた。

ここはもう、東京にきてから十年間、ずっとしがみついてきた部屋じゃなかった。

小学六年生の夏休み、二人で並んで座った神社の石段だった。

夏の日差し、降り注ぐ蟬の声。私はまだこの世界の残酷さも、道端の石ころのように当たり前に転がっている挫折も知らない子供で、彼の言葉は魔法のように心に染みた。

私はきっと、私がしてきたことを認めてもらいたかったんだ。

がんばったって、よくやったって、背中を叩《たた》いて欲しかったんだ。

さっきまで、あんなに息苦しかったのが噓みたいだった。澱んだ水の中のようだった景色が、あの夏と同じ鮮やかな色彩を取り戻している。

　久太郎は、川遊びをしていたときに魚が隠れている岩場を見定めたように、私の心の中でたった一つのポイントを見つけて声をかけてくれる。

「それだけ涙を流せるってことは、それだけ本気だったたってことだよな。本当に、ここでやめていいのか？　後悔はないって、言えるか？」

「そんなの、言えるわけない」

「じゃあ、これからどうするんだ？」

「話していて、どうしようもなく思ったよ……私はまだ、夢を諦められない」

　青春映画の中盤で傷ついた主人公が再起するシーンのように、大事なものに気づかされた。私はまだ、前に進める。まだ、折れてない。

　久太郎の大きな手が伸びてきて、私の頭をくしゃくしゃと撫《な》でる。

　あの日とは違う大きな手だった。私も大きくなったけど、久太郎の手はもっと大きくなっていた。

「俺は約束を守ったんだ。お前が辛いときに、こうやって駆けつけた。だからお前も、もう一つの約束を守れよ」

「うん。わかってる。いつか舞台で主演を勝ち取って、一番前の席で久太郎に見てもらうから」

「約束だぞ」

「うん、約束」

約束を守れよ。その言葉は、どんな励《はげ》ましの言葉よりも、強く背中を押してくれた。

私たちには、約束は守るものだという常識が子供のころから染みついている。そこから生まれる力は、単なる努力や決意よりも、きっと強い。約束っていうのは、時として、私たちを強く前に押し出す力になってくれるものなんだろう。

心が落ち着いて、私の頭の中に、やっと現実が戻ってきた。

とりあえず脇に放り投げていた疑問が、次々に浮かんでくる。

「ねぇ、久太郎はなんで、いきなり私の部屋にでてきたの？」

「今さら、それを聞くのかよ」

他にもたくさん聞きたいことはあった。今までなにをしていたのか、どうして私のいる場所がわかったのか。でも、一番の疑問は、まずそれだ。

久太郎は照れくさそうに笑って、さらに、わけのわからないことを続けた。

「信じられないだろうけど、俺、そういう体質になったんだ」

「体質？」

「これまでの人生で、色んな約束をしてるだろ。それを絶対に守らせようとする力が俺の周りに働くんだよ。この部屋にいきなり現れたのも、その力のせいだ」

「……えっと、もしかして、冗談？」

「マジだって。まぁ、信じろって方が無理か」

と、その時だった。

また部屋が揺れた。食器棚の中の皿たちがカタカタと音を立て始める。

「あ、悪い。詳しく話してる時間、なくなっちまった。次の約束があるみたいだ。テレポートさせられる直前にな、地震が起きるんだよ」

「じゃあ、久太郎が現れる前に部屋が揺れたのって」

「あぁ、俺のせいだな。約束ってさ、時間とか場所がちゃんと決まってるものばかりじゃないだろ。たとえば、今みたいな時間も場所も決まってない漠然とした約束の方が多いんだよ。そういうときは、こうやって時期がきたら、勝手に力が働いて俺を約束の場所に飛ばすんだ。どの約束なのかは、飛んでからじゃないとわからない」

信じられるわけない。でも、久太郎が嘘を言ってないってことは伝わってくる。

半信半疑のまま、混乱する頭で呟く。

「じゃあ、また会えなくなるってこと」

「そうだな。どこに飛ぶかわからないし、いつ会えるかもわからないな」

寂しそうに呟いて、湿っぽい感情を振り落とすように笑う。口元から、真っ白い歯が覗《のぞ》いた。

「けど、もう大丈夫だろ」

確かに、私の心はずいぶん立ち直った。

今日の思い出があれば、あと数年は頑張れると思う。

でも、そういうことじゃなかった。

せっかく久太郎と会えたのに、これでまたお別れなんて嫌だ。

咄嗟に、声が出た。

「じゃあ、約束して。明日の晩ご飯、一緒に食べよう。ここで待ってる。料理作って待ってるから」

彼の言ってることを信じたわけじゃない。でも、縋《すが》れるのは、約束だけだった。

久太郎は驚いたような顔をする。それから、すぐに頷いてくれた。

「あぁ、わかった。約束だ」

「約束だよ」

地震がさらに強くなる。本棚に飾ってあったラムネ瓶が床に転がった。

久太郎はそのまま、白い歯を見せて笑いながら、消えた。

さっきまで彼がいた空間を見つめながら、自分の腕をつねってみる。ちゃんと痛い。

ふと気づいて、テレビをつける。地震速報はどこもやっていなかった。

*

下北沢を歩いていると、子供のころに友達の家へ遊びにいったときのことを思い出す。

お兄さんが二人、妹が一人の四人兄妹。友達の家にあるおもちゃは兄妹のもの全部がいっしょくたにされて、衣装ケースのようなおもちゃ箱に仕舞われていた。

男の子向けのヒーロー人形やロボットのプラモデルやラジコンカー、女の子向けの魔法少女の変身グッズや動物のぬいぐるみ。それぞれのジャンルで第一線を張ってるキャラクターや乗り物がごっちゃになった箱の中は、尖った個性と驚きに満ちていた。

友達といっしょに、このおもちゃ箱をひっくり返すのが好きだった。

色鮮やかで、古いものと新しいものが同居していて、たまにわけのわからないものも混ざっている。一つ一つ眺めているだけで帰る時間になってしまうくらいに楽しかったし、何回ひっくり返しても飽きなかった。

おもちゃ箱をひっくり返したような町、それが私の中にある下北沢のイメージだ。ひとつのジャンルで括《くく》ることができない、たくさんの顔を持っている。

セレクトショップに古着屋に雑貨屋に美容院、色んなお店が立ち並ぶお洒落《しやれ》の町だったり、カフェと飲み屋がひしめくグルメの町だったり、ライブハウスの集まる音楽の町だったりする。もちろん私にとっての一番は、演劇の町だ。『本多劇場』を筆頭に、町のいたるところに大小さまざまな劇場がある。

どの場所も競い合うように個性を放っていて、角を曲がれば次になにが出てくるのか想像できない。賑わう通りを一本外れれば、急に古くからある住宅街になるのも下北沢の魅力の一つだ。この住宅街も、迷い込むと突然カフェが出て来たりして油断できない。

上京を決めた時から、下北沢に住むと決めていた。

いくつも部屋を内見して巡り合ったのが、今の1LDK。下北沢駅から徒歩二十分、四階建て、レンガ造りの階段、鱗《うろこ》のような緑色の屋根、築三十年。この町の移り変わりを見守っていた古めかしいアパートだ。

引っ越しの日は、ここから私の女優としての人生がスタートするんだと息巻いていた。いつか有名になって取材を受けたら、駆け出しのときに暮らしていた場所として、このアパートが紹介されるのを想像したりした。そして、スタート地点から出発できないまま、十年が過ぎた。

思えばこの十年、どんなに上手くいかなくても、どんなに落ち込んでも、この町だけは私の味方だった気がする。下北沢は、夢を見る人たちに優しい。そこから一歩踏み出せば、残酷な現実が待ち受けているとしても。

新しく生まれ変わりつつある駅舎を抜けて、私の町に帰ってきた。

二月の空気は、吐く息が真っ白になるくらい冷たい。『駅前劇場』の次回公演のポスターをチェックして、南口商店街を通り過ぎる。すれ違う誰もが厚手のコートやジャケットなのに、洋服店の店先にはもう春物が並んでいて苦笑いを誘う。

賑やかな町だけど、今日はいつも以上に華やいで見える。すれ違う人たちが幸せそう。冬の街をすり抜ける木枯らしにもハイタッチをしたくなる。こんな風に町を歩くのは久しぶりだ。

家に帰るのが楽しみ、なんて気持ちはしばらく忘れていた。

昨日の夜、私の部屋に唐突に現れて消えていった幼馴染。彼が、今日も家にくる。たったそれだけで足取りが軽い。まるで、子供のころに戻ったみたいだ。お母さんから今日の晩ご飯はカレーと聞かされていた日の帰り道。そんな感じ。

南部さんの劇団が解散してからは、小さな芸能事務所に所属している。今日の次回オーディションに向けた練習は、一度は辞めようと決意したのが冗談みたいに熱が入った。なんだか、やっと色んなことが上手く回り出しそうな気がする。

スーパーで久太郎のことを考えながら、買い物をした。クリームシチューとポテトサラダ、迷った末に、子供が好きそうなメニューになった。もうお互いに大人だけど、あいつのことを思うと、どうしても子供だったときのイメージが強くなる。

家に着くなり、さっそく料理を始める。十年も一人暮らしをしているので、家事は一通りこなせる。ちゃんと久太郎は現れるの？　昨日の出来事は本当に現実だったの？　という疑問が何度も浮かぶけれど、とりあえず自分の直感を信じることにした。

八時を過ぎたころ、部屋が静かに揺れた。

地震が来るのはわかっていたので、ちゃんと対策をしてある。本棚に飾ってあった小物は下ろしたし、食器棚のグラスは安全な場所に移してある。

だんだん揺れが強くなってくる。昨日より大きくて、さすがに不安になってきたころ、バスルームで何かが倒れるような音がした。

揺れが止まる。恐る恐る向かうと、久太郎がいた。

昨日と同じジーンズにジャケット姿。でも、その様子は普通じゃなかった。力尽きたように床に倒れている。顔は真っ青で、酷《ひど》い風邪をひいているみたいだ。

「ちょっと、どうしたの！」

抱《かか》え起こそうとして、体がものすごく冷たいことに気づく。

真冬のプールにでも飛び込んだようだ。服も髪も濡れていて、毛先がわずかに凍っていた。近くに転がっていたバックパックにも雪がはりついている。

「……あぁ、そうだった。一緒に晩飯を食べる約束してたんだ」

久太郎はゆっくり体を起こす。虚《うつ》ろだった目も、だんだん意識を取り戻すように焦点が合ってくる。

「だいじょうぶ。ちょっと寒いところにいただけだから。病気じゃない」

そんなことをいいながら、白い歯を見せて笑う。

「助かった。約束してなかったら、今頃、凍え死んでたかも」

「そんなになるまで、どこにいたのよ」

「たぶん、アラスカかな」

「嘘でしょ。そんな格好でいたら、凍死するわよ」

「国外に飛ぶなんて、予想外だったんだ……今、何時？」

「夜の八時、だけど」

「なんだよ、時差とか無視かよ。この力って時間も戻せるのか」

「……よくわかんないけど、なんか元気になってきたみたいね。ええと、お風呂、入る？」

「あ、すげぇ嬉しい」

すぐに久太郎のためにお湯を沸《わ》かした。彼が風呂に入っているあいだにタオルを用意して、近くのコンビニに男物の下着を買いにいった。

顔なじみの店員さんが、ぎょっとした顔をしたけど気にならない。服はちょっと太めの友達、奈津子《なつこ》が泊まりに来た時に置いていったジャージがあったのでそれを借りる。

準備を終えてから、あらためて現実を再認識する。

久太郎が、私の部屋で風呂に入ってる。

新人女優に寝取られた元恋人だって、部屋に泊まりに来ることはなかったのに。これからの展開を想像してしまい、心臓がドキドキする。昨日の夜、十六年ぶりに再会したばっかりなのに急展開すぎる。でも、彼とエッチするかもしれないことが嫌じゃない。むしろ、ちょっと期待してる自分がいて驚く。

そういえば、前の恋人と別れたのが三年前、そんなに長い間してなかったってことか。体の奥の本能的なところが、このチャンスを逃してなるかと焦ってるのかもしれない。

「よくこんなジャージ持ってたなぁ。すっげぇぴったり」

私の悩みなんか気づきもせず、バスルームから久太郎が出てくる。

まったく遠慮ない感じで、用意しておいた服を当たり前のように着ていた。奈津子の蛍光ピンクのジャージはサイズ的にはちょうどいいけど、体格のいい男が着るとちょっと変態だ。

「お前、こんなに太ってた時期あったのか？」

「うるさい。友達のよ。あ、ご飯、用意したから」

「すっごい腹へってたんだよ。雪山って腹へるのな」

「雪山？　アラスカってだけじゃなくて山にいたの!?」

「あぁ。死ぬかと思った」

歯を見せて笑う久太郎が、やけに大物に見えてくる。

シチューとサラダを炬燵机《こたつづくえ》に並べる。本当は結構はりきって作ったんだけれど、これが当たり前の夕食のような顔をしてしまう。自分の見栄っ張りな部分が少し恥ずかしい。

久太郎は一口食べるなり、期待を斜め上に超える絶賛をしてくれた。

「おいしい！　すっげーおいしい！　うますぎる！　生きててよかったぁ」

大げさ、と言い掛けて、さっき本当に死にかけてたことを思い出す。大げさ、でもなかったか。助監督の元彼は、細くてあまり食べない人だった。だから、こんな風にガツガツ食べてくれるのがとても嬉しい。ほんと、なんだか、子供のまま大きくなったみたいだ。

「今日って、これからどうするの？　いくあて、ある？」

「あー、それなんだけど、もしよかったら泊めてくれると嬉しい。変なことしないから」

「……いちおう友達用の布団が一セットあるから、いいけど」

「変なこと、しないからさ。ぜったい、約束する」

と、二回も繰り返す。

それを聞いて、がっかりしている自分がいるのには、とっくに気づいていた。

「そういう約束って、だいたいアテにならないよね」

「昨日の話、やっぱり信じてないのか。俺は、絶対に約束は破らない。そういう体質なんだ」

信じてないわけじゃない。と、心の中で呟いてから、答えた。

「じゃあ、そんな約束しない」

私の中では、かなり勇気を振り絞った台詞だった。

自分の欲望に正直に、冒険したつもりだった。

久太郎はしばらく私の目を見つめ、いちどシチューの中のニンジンに視線を落とし、それからもう一度、私を見て聞いてきた。

「……えっと、それって、どういう意味？」

「聞く!?　フツー、そこまで聞く!?」

私の反応を見て、やっと気づいたらしい。

十二歳の夏、サヨナラの直前、神社の石段に座って話したときのように真剣な表情になった。

「あの、さ。じゃあ、俺もちゃんと正直に話す」

「なに、急に改まって」

「俺、童貞なんだ。それでもいいか？」

……ん？

えっと、私と同い年だから、久太郎も二十八歳だ。そうか。二十八歳で童貞か。どうやら、彼の中ではかなりのコンプレックスだったらしい。それを過去に犯した罪のように告白してきた心境を思うと、ちょっと切なくなった。

「いや、そんなの気にしないけど。っていうか、改まって、なに言ってんのよ」

「真剣なんだよっ！　ずっと約束を守るのに必死で、恋人つくる暇なんてなかったんだよ！」

「わかったから。別に、私だって、そんな経験あるわけじゃないし」

「ほんとうかっ、していいのか！」

「高校生か、あんたは」

と、次の瞬間だった。

部屋が静かに揺れ始めた。カタカタとシチューのお皿の端で休んでいたスプーンが震える。

久太郎は、がっかりしたのと申し訳なさそうなのと、すっかりこういう状況には慣れて諦めているのとを混ぜ合わせた複雑な表情を浮かべた。さりげなく、部屋の隅に置いていたバックパックを自分の方に引き寄せる。

「え、また、いなくなっちゃうの！　このタイミングで!?」

「あぁ、悪い。次の約束があったみたいだ」

「じゃあ、明日っ！　明日も晩ご飯を食べに来て！　待ってるから」

思わず、叫んでいた。

約束。よくわからないけど、久太郎の生活を支配しているのは、約束らしい。

約束がなければ、私たちは二度と会えなくなる。約束さえ繋げれば、また会える。

つまり、そういうことなんだろう。

久太郎は頷いて、白い歯を見せて笑う。

「わかった。約束だ」

「約束っ」

次の瞬間、彼の姿が消えた。

テーブルの上に残された食べかけのシチューが、寂しそうに湯気を立てる。

なんだか色んな覚悟や期待がどこかに消えて、心の中に乾いた風が吹きすさぶ。下半身が、欲求不満の熱を上げているのがわかった。

「なんなのよ、もうっ！」

近くに転がっていたクッションを、全力で壁に投げつけた。

アルピニストの幻想

俺が九歳のとき、父は山に飲まれて死んだ。

年が明けたら北米最高峰のデナリに単身で挑む予定だった。厳冬期のデナリは、日本人の多くの登山家にとって特別な場所だ。父は、最後の調整をしてくるといって仲間と一緒に十一月の阿弥陀岳《あみだだけ》に登り、そして帰ってこなかった。

あんな場所で雪崩《なだれ》が起きるとは。どうしようもなかった。運が悪かった。父の最期を目撃した仲間たちはそう言った。

父は多くの本を出版し、頻繁にテレビ出演もしていた有名な登山家だった。

ひと月のうち家にいるのはほんの数日で、正直、どんな人だったのかあまり覚えていない。冬はどこかの山に登っていたし、それ以外の季節も、講演会だとか夏山の環

境保護活動だとかで世界中を飛び回っていた。子供のころの俺はいつも孤独で、テレビで父を見るたび、俺や母よりも山のことが好きなのかよと反発していた。

父のことではっきり覚えているのは、眠る前、枕元で聞いた山の話くらいだ。これまでに登った山の名前。ヒマラヤで虹色の朝日を見たこと。登攀《とうはん》中に足を踏み外して仲間に救われたこと。雪山のキャンプで飲むコーヒーが最高に美味しいこと。高地で見かけた珍しい花。渡り切った後で雪庇《せっぴ》の上を歩いていたのに気づいてぞっとしたこと。たった一人で登っていると、たまに山が語りかけてくるように感じること。

家族のことはほったらかしにしてるくせに、悪びれず山のことを話す父に苛立《いらだ》っていた。でも、子供のように楽しそうな声だけは、なぜか嫌いになれなかった。

目を閉じた一瞬の間に、凝縮された思い出が通り過ぎていく。

感傷を振り払い、顔を正面に向ける。

ジョンが、なにかを叫んでいた。アラスカの山の玄関口となる街、タルキートナでチャーターしたセスナ機のパイロットは、腕は確かだがお喋《しゃべ》りすぎるのが唯一の欠点だ。プロペラの音に掻《か》き消されてよく聞き取れないけれど、促されるまま視線を窓の外に向けた。

白い稜線がどこまでも続く大地。その真ん中に、白く美しい山がそびえていた。周りの山々を統《す》べるように、王者の風格を漂わせている。

俺が子供のころはマッキンリーと呼ばれていた。二〇一五年になってやっと、多くの登山家が望んでいた呼び名に正式に変更された。それは、先住民の言葉で「偉大なるもの」という意味だという。北米の最高峰デナリ、かつて父が目指した山がそこにあった。

登山家になるつもりなんてなかった。むしろ、絶対にならないと思っていた。

子供のころの俺はずっと孤独を抱えていた。父が山に登っている間、待つことしかできない母はいつも不安そうだった。そして、家族を顧みることなく、あいつは勝手に死んだ。許せるはずがなかった。

だから、大切な人たちとずっと一緒にいられるような生き方を選ぼうと思っていた。

それなのに、父が死んでから、どうしようもなく山に惹きつけられるようになった。まるで、父の情念が乗り移ったように。

町を歩いていると、遠いところから呼ばれている気がした。

山を見るたびに全身が震え、血が騒ぎ出すのがわかった。

大学生になって、迷った末に登山部に入った。ついに、自分自身を誤魔化せなくなったからだ。一歩目を踏み出すのには何年も迷ったけれど、深みに嵌まるのはあっという間だった。誰よりも山に取り憑《つ》かれ、大学卒業までには国内の名峰と呼ばれる山のほとんどを登頂していた。

卒業後も、山は俺を自由にしてくれなかった。

定職にはつかず、アルバイトを掛け持ちして金を貯め、空いた時間を全て使ってトレーニングしながら山に挑み続けた。

マッターホルン、ハンター、アコンカグアの登頂に成功。仲間と共に夏のデナリにも登った。昨年はエベレストに挑み、天候に恵まれず山頂まで千メートルというところで下山した。多少は実績がついたのと、有名な登山家だった父の影響もあって、最近になってスポンサーになってくれる企業があらわれた。アウトドア用品のメーカーで、彼らはテレビやネットで取り上げられるような話題性のある目標を求めていた。それをきっかけに、単独で、父が死ぬ前に目指していた厳冬期のデナリに挑むことを決めた。

デナリに登ると言ったとき、母は泣いた。あんたまで、なんでそんな危険なところにいかなきゃいけないの、と恨むように言われた。

その言葉に、なにも答えることができなかった。

父の果たせなかった夢を果たすためか。スポンサーに挑戦を求められたからか。この山を登りたいという自分自身の純粋な欲求なのか。

理由は、わからない。でも、もう引き返すことはできなくなっていた。

新たに口にした目標は、山が俺を自由にしてくれないのと同じように、頭の深い部分まで根を張った。

先輩も友達も、同じパーティでエベレストに挑んだ仲間でさえ、この挑戦を無謀だと笑った。

たった一人、俺の夢を笑わずに聞いてくれたのは、アルバイト先で知り合った、山のことなんてなにも知らない親友だけだった。

ゆっくり高度を下げていくセスナの中で、あいつのことを思い出す。

ビルの外窓清掃のバイトを選んだのは、単純な理由だった。

山の断崖に比べれば、ビルから太いワイヤーでぶら下がってるゴンドラでの作業はずっと安全だ。誰かに余計な気を遣うこともないし、頭を下げることもない。それで普通の仕事より給料がいいのだから、やらない理由はなかった。

バイトは大学を卒業してすぐに始め、スポンサーがつくまで続けた。あいつと知り合ったのは、スクイジーの扱いにも慣れ、仕上げのスピードも上がり、やっと一人前として扱われるようになったころだった。

「新しく来てくれることになった森くんだ。この仕事は初めてだけど、体力には自信あるそうだ。藤岡《ふじおか》、ちゃんと指導してやってくれ」

ロッカーで作業服に着替えていたら、社員に声をかけられた。

隣に立っていたのは、いかにも田舎者という雰囲気の男だった。作業ズボンの上に色褪せたTシャツ。まだ高校を卒業したばかりらしく、日焼けした顔には幼さが残っていた。

「森久太郎です、よろしくお願いします」

「久太郎くんね。俺は藤岡修司《しゅうじ》、よろしく」

笑顔で答えながらも、内心ではうんざりしていた。

俺がバイトしていたビル清掃会社は、いわゆるブラック企業だった。労働時間が長く、ノルマが終わるまで無理やり残業させられることもあった。他の会社ならクビになるような強風でも作業したし、覚えの悪いやつは当然のように罵倒されてクビになった。備品のチェックは社員の仕事だが気をつけていないと、ほつれが出ている安全帯や、曲がって外れやすくなったフックを渡されることもあった。

ただ、給料の支払いだけは気前がよかった。ブラックだろうが、俺にはぴったりの仕事だった。

そんな悪条件もあって、高額時給につられて入ってくるやつは多いが、ほとんど長く続かない。この前のやつも、二回で来なくなった。どうせ教えるだけ無駄、そう思っていた。

だが、久太郎は他のやつとは違った。危険な作業も高い場所も怖がらなかった。それどころか、子供が新しい遊具で遊ぶように楽しそうだった。物覚えもよく、性格もさっぱりしていて気持ちがいい。なにより、登山のためにトレーニングを欠かさない俺と同じくらい体力があった。

「いやー、高い所で流す汗って、なんか特別ですね」

初日のことだった。十五階建てのビルの屋上からぶら下げられたゴンドラの上で、教えた通りなめらかにスクイジーを使って窓を拭きながら楽しそうに言ってくる。

この会社では、ビルの外窓掃除は三人一組が基本だった。バイト二人がビルに備え付けられているゴンドラにのって窓を拭き、社員が下から見張りと呼ばれる周辺監視作業を行う。だから、俺たちはいつもペアで、同じゴンドラに命を預けていた。

「お前、変わってるよな」

「なんでですか？」

「普通、最初はもうちょっと怖がるもんだ」

「俺、田舎育ちなので、子供のころよく周りの木に登ってたんですよね。田舎の木ってでかいんですよ。このビルくらいあります」

「嘘つけ。樹齢何千年だよ、その木」

「田舎の木のサイズを甘くみちゃいけません」

久太郎はいきなり窓ガラスの中に向かって手を振る。中には数人の子供たちがいた。どうやらビルで働く人のための託児所になっているらしい。

「とにかく、高い所って気持ちいいですよ」

「あぁ、そうだな」

ゴンドラが動き出して子供たちが見えなくなると、久太郎は手を止めて、後ろを振り返った。

俺もつられるように視線を向けた。

十五階建てビルのゴンドラからは、街の向こうにある山の稜線が見えた。見上げると、手を伸ばせば届きそうなほど空が近い。それを感じるだけで、山が恋しくなる。

その瞬間に、久太郎のことが気にいったんだと思う。

孤独な子供時代を送ったせいか、人付き合いは苦手だった。それなのに久太郎とは、自分でも驚くほどすぐに仲良くなった。友達というよりも、急に弟ができたような感じだった。

一緒に飯を食べにいくようになり、普段はしないような身の上話をするようになった。山が好きなこと、父が有名な登山家だったこと。その父が阿弥陀岳で雪崩にあって死んだこと。いつか父が死ぬ間際に挑もうとしていた、厳冬期のデナリの単独登頂を果たしたいと思っていること。

バイト先近くの高架下の居酒屋。久太郎はまだ酒が飲めないし、俺もそんなに強くない。ちびちびとビールを舐めながら、不安を打ち明けた。

「でも、正直、怖くて仕方ないんだ。厳冬期に単独登頂した人間は世界でも数えるほどしかいない」

「厳冬期って、なんですか？」

「一番、登るのが厳しい時期だよ。真冬の一月から二月にかけてだ。北極圏の近くにある山だからな、夏とは比べものにならないくらい条件が悪くなる」

「どうして、一人で登るんですか？」

純粋に不思議そうに聞いてくる。それは、俺の周りの誰もが口にする質問だった。ただ、他のやつらがそれを口にする時は「どうせできるわけない」と馬鹿にするニュアンスが含まれていた。久太郎のは、何も知らないゆえの無垢《むく》な質問だった。

「山登りってのは過程も大事なんだよ。それに、単独行っていうのは特別なんだ。仲間と登るのは、やっぱり仲間と山を登るって行為だ。それはそれで楽しいけどな。でも、一人で登ると、山とサシで語り合ってるような気分になる」

「なんか、かっこいいですね」

こんな話をするたび「変わったやつ、自分に酔ってるだけだろ」というニュアンスの笑みを向けられてきた。

でも、久太郎は違った。無知だから感心しているのとも違う。一人で山に登るというのがどういうことか理解したうえで、無邪気に目を輝かせていた。

なんだか恥ずかしくなって、つい、照れ隠しのように付け足す。

「それから……親父がデナリに一人で挑もうとしてたから、拘《こだわ》ってるってのもある」

「お父さんの遺志を継ぎたいってことですか？」

「そんなんじゃない。ただ、墓の前で自慢してやりたいんだよ。俺は、あんたができなかったことをやったんだって」

口にして、気づいた。照れ隠しなんかじゃない。きっと今の言葉は、俺の気持ちのもっと深いところに繋がってる。今まで気づかなかった、一人でデナリに登る、本当の理由に。

俺の気持ちの奥深くにあっさり指をかけた男は、気づいているのかいないのか、楽しそうに笑った。口元から覗く白い歯が、視界の端でキラリと光る。

「なるほど、それは一人じゃないと駄目ですね。一人でなにかを成し遂げるのって大変ですけど、それってきっと、そのなにかへの想いを純化させる行為のような気がするんですよ。誰かと一緒だと、想いってバラけちゃいますから」

「……うまい言い方するな。まぁ、真冬のデナリについてきてくれる仲間なんて、いないけどな」

「応援してますよ、俺」

その目は、同志を見つけたように嬉しそうだった。こいつもきっと、一人でなにかを手に入れるために戦っているんだろう。

久太郎はウーロン茶を飲みながら、思い出したように聞いてきた。

「それで、阿弥陀岳には登ったんですか？」

「いいや、登ってない。親父が死んだ場所っていっても死体は見つかったし、あの山に眠ってるわけじゃないからな」

「そうじゃなくて、このあいだ、言ってたじゃないですか。約束したんでしょう？　大人になったら一緒に阿弥陀岳に登るって」

その言葉に、父と最後に交わした言葉が蘇《よみがえ》る。

俺が九歳のとき、日曜日の朝。小さな物音でなぜか目が覚めた。

登山道具を背負って出ていこうとする父を、眠気と戦いながら玄関で捕まえた。


「ねぇ、お父さん。僕もお父さんと一緒に山にいきたい」

「まだ、お前には早いな。だけど、大きくなったら連れてってやる。一緒に阿弥陀岳を登ろう、人生が変わるような景色を教えてやるよ」

「ぜったいだよ、約束だよ」

「あぁ、約束だ」


父はそう言って、俺の頭を撫でてから出かけていった。そして、帰ってこなかった。

「……親父は死んだんだ。今さら関係ないだろう」

「相手が亡くなっても、約束は約束です。俺、思うんですよ。約束って、実は、守らなくてもいい約束の方が大事なんじゃないかって。守らなくていい約束ほど守らないといけないんじゃないかって」

その時だけ、久太郎の口調がやけに真剣だったのを覚えている。

「守らなくていい約束っていうのは、遠い日に置いてきた願いですよ。きっと、守らなくても後悔はしない。ただ、忘れ去られていくだけです。気がつくと、それがどんなに大事なものだったのかも思い出せなくなる……人生から、大切な物が一つ、消えるんです。だから、守らなくてもいいと思っている約束こそ、守ることに価値があるんですよ」

「お前、やっぱ変なやつだな」

からかうように笑って会話を止めた。

でも、その時には、次の冬が来たら阿弥陀岳に登ろうと決めていた。

氷河を踏みしめる足に、少しずつ疲労が蓄積されていく。

デナリには山登りを始めてすぐに、大きな難関がある。

セスナ機が着陸できるのは、山の麓から約二十キロメートル離れた場所だ。俺が選んだ西山稜《ウエストバットレス》のルートに取りつくためには、そこから、カヒルトナ氷河と呼ばれる氷の大地を、スキーを履いて食料や燃料など数十キロの荷物が載ったソリを引き、何日もかけて歩かなければならない。

氷河には、クレバスと呼ばれる巨大な裂け目がある。中でも危険なのは、ヒドゥンクレバスというクレバスの上に雪が積もり、裂け目を覆い隠している場所だ。パーティを組んでいれば、ザイルを結んで進むことで、誰か一人が落ちたとしても助けることができる。だが、単独行ではそうもいかない。踏み抜けば死が待っている、天然の落とし穴だ。

気温は零下二十度。刺すような寒さが、容赦なく体力を奪う。

目の前にそびえる山は、未だに近づいてくる気配を見せない。

山裾が広くどっしりとしたデナリは、白銀の世界を統べる王だった。遥か上空から巨大な白いマントを棚引かせている。

今から、あの山に登る。それは、現実感のない旅路だった。

デナリの標高は六千百九十メートル。ヒマラヤには世界最高のエベレストをはじめとする八千メートル級の山々が連なっており、単純に比較すると二千メートル以上も低いことになる。

だが、高さのスケールは標高だけじゃない。標高は海面を基準にした高さだ。それに対して、実際に登山者が登る高さ、山の麓から山頂までの高さは比高と呼ばれている。エベレストは山の麓自体が高地にあるため、比高は約三千七百メートル。それに対し、デナリの比高は約五千五百メートルにもなる。さらに二千メートル近くも登らなければいけない。

それだけじゃない。高緯度に位置することから気温が低く、気圧もヒマラヤの同じ高さの山々より低くなる。氷河が巨大なことや強風が発生すること、天候が変化しやすいことなど数多くの難関を合わせ持ち、毎年、多くの遭難者を出す魔の山だった。

登山家であれば知らない人はいない、冒険家であり登山家であった植村直己《うえむらなおみ》さんが消息を絶った山でもある。それゆえに、日本人にとってデナリは特別な意味を持つ。

七大陸最高峰にたいした意味はないと口にしていた父が、それでも最後の一座としてこの山を残していたのは、そんな心理が働いていたからかもしれない。

夏に来た時は世界中の登山家で賑わっていたが、厳冬期に挑むような変わり者はそういない。見渡す限り、白銀の世界には俺一人だけだ。死のトラップをいくつも隠した氷河の上には、風によって描かれた風紋が美しく波打っている。

一歩ずつ慎重に歩いていると、阿弥陀岳を登った日のことが浮かんでくる。

……あの日の登山とは、まったく違うな。

それは俺の登山家人生で、もっとも恵まれた登頂だった。

久太郎に言われるまで、阿弥陀岳に登るなんて考えもしなかった。きっと、俺と母を残して勝手に死んだ父への反発が、そうさせていたのだと思う。

どこかで、父を飲み込んだ山を避けていたのかもしれない。

当時、すでにマッターホルンの登頂に成功し、それなりに経験も積んでいたけれど、入門ルートと呼ばれる山だからと侮ることは決してなかった。十分な準備をし、下調べをしてから、一人で山に向かった。

山はいきなり牙を剝《む》くことがある。安全な山などない。それを教えてくれたのは父だった。

一人で登ると、山と対話をしているような錯覚に陥ることがある。

俺は、これからの風の吹き方や天候の変化を探ろうとしつこく問いかける。山は、俺がどんなルートでいつアタックするのか、気が向けば邪魔をしてやろうと揺さぶりをかけてくる。

けれど、阿弥陀岳を登る間に問いかけたのは、父のことばかりだった。自分でも、山に足を踏み入れるまで、そんな気持ちになるとは思いもしなかった。

二十年ほど前、ここに父が来ました。

父とはなにを語り合ったんですか。

あの人は死ぬとき、どんな顔をしていましたか。

山は何も答えてくれなかった。

天気は、ずっと快晴だった。この時期の八ヶ岳連峰はサイコロを転がすように次々と天候が変わることで知られているけれど、吹雪《ふぶ》くどころか、強い風が吹くこともなかった。

あっさりと頂上にたどり着く。準備や下調べしてきた情報のほとんどは、思い出す必要さえもなかった。山頂で会った大学の山岳部だというパーティは「しっかり備えをしてると、案外、こんなもんですよね」と笑っていた。

でも俺には、ずっと投げかけていた問いに、山が答えてくれたように思えてならなかった。

山頂からの景色は、美しかった。

日本アルプスのパノラマ、ところどころに立ち込める薄い雲が小さな浮島を作っている。遠く霞《かす》みの向こうに富士も見える。雪に覆われた稜線が光を跳ね返し、山々が輝いているようだった。

胸のポケットから、久太郎に言われて忍ばせていた父親の写真を取り出す。全国ネットのテレビ番組に出演し、山を登るには愛が必要だ、なんて台詞を恥ずかしげもなく言って笑っていた大男と目が合う。

父はこの景色を見る前に、雪崩に飲み込まれた。

今度、墓参りにいったときに、自慢してやろう。

そう考えた瞬間、涙が溢れてきた。

あぁ、そうか。俺は、父のことをもっと知りたかったんだ。

だから、一人でデナリに登ろうとしているんだ。

自分の胸の中にいつの間にか芽生えていた欲求、その根底にあるものに、やっと気づいた。

父について覚えていることは少ない。どんな食べ物が好きだったのか、どんなテレビを見ていたのか、どんな顔で笑っていたのか、どんなことで怒ったのか。なにも知らない。

父について自信を持って言えるのは、山に取り憑かれていたということ。

山は、俺と父との、たった一つの繋がりだった。

どうせなら、この阿弥陀岳の景色だけじゃなく、デナリの山頂からの景色も自慢してやろう。きっと、地団太を踏んで悔しがるだろう。

沈みそうになった意識を、目の前の現実に引き戻す。

集中力が途切れれば、たちまち命を持っていかれる。だが、張り詰めすぎてもいけない。デナリは長期戦だ、ずっと研ぎ澄ましていれば、それだけ消耗する。

時々、思い出を使って魂に火をくべながら、慎重に前進を続けるのだ。

カヒルトナ氷河を越えて三千メートルの地点にキャンプを張ったのが三日目の昼。ここで厄介だったソリやスキーをデポし、相棒をアイゼンとピッケルに切り替える。降雪や吹雪に足止めされながら歩を進め、難所の一つだったヘッドウォールをこれまで培ってきた登攀技術を頼りに越える。四千三百メートル付近のキャンプエリアに二日滞在して体を高地に慣らし、最後のキャンプ地となる五千二百メートルのアタックキャンプに辿《たど》り着いたのは、出発してから十二日目だった。

いよいよ、山頂を目指すときがやってきた。

出発してしばらくは、穏やかな空だった。零下三十度。弱い向かい風。山頂にはうっすらと雲がかかっているが、この季節としては大人しいものだ。

高度が上がるにつれて踏みしめる氷は硬さを増し、空気も薄くなる。数歩歩くだけで息が切れ、立ち止まってしまう。息をするにもあえぐように吸ってはいけない。水分が凍りついてカラカラに乾燥した空気を深く吸い込むと、喉を引っ掻かれたような激痛が走る。

環境は厳しさを増すが、登頂が現実味を帯びてきたことで気持ちは高揚していた。強風と堅雪で知られるデナリ・パスと呼ばれる広大な峠を抜け、いよいよ山頂までのルートが見えてきたところで、さっきまで穏やかだった空が曇《くも》り始めた。

口の端に笑みを浮かべ、山に語りかける。

やっぱり、ずっとご機嫌ってわけにはいかないよな。いよいよ俺を試すつもりか。

いったん足を止め、頭の中でゆっくりと地図を広げる。数えきれないほど重ねたイメージトレーニングで、山の地形は立体的に思い描けるようになっていた。

山を登るのは算数じゃない。距離の半分が行程の半分を意味しない。奪われる体力や薄くなる酸素、険しくなる傾斜に低下する気温、すべての辛苦が山頂に近づくにつれて収束していく。

頂上が見えてからこそが、本当の試練なのだ。

頭の地図を開いて閉じるまでの間に、天候はさらに悪くなった。風が強くなり、雪が舞い始める。風と雪が合わさると、視界は霧が立ち込めるように悪くなる。どうやら今日は、アタックキャンプまで戻って様子を見るしかなさそうだ。

マスクの下で寒さに痙攣《けいれん》し始めた頬を叩いてから、いったん山頂に背を向ける。なぁ、俺は粘《ねば》るだろう。二十年前にここに来るはずだった男は、もっとすごかったんだぜ。

降りていくうちに風はさらに強くなり、時折発生する強風が氷の礫《つぶて》のような雪を容赦なくぶつけてくる。頬や指先に当たる烈風は、防寒具の上からでも皮膚をはぎ取っていくように痛い。

デナリ・パスまで戻って仰ぎ見ると、山頂には深い雲がかかっていた。おそらく、あそこではブリザードが吹き荒れているだろう。人が踏み込むことを許さない、零下五十度を超える死の世界。

雲の勢力は徐々に広がっている。急いでアタックキャンプまで戻らなければ、暴風はこのデナリ・パスまでも飲み込むはずだ。尽きかけていた体力を振り絞って急斜面を下る。

ブリザードは何日居座るだろうか。過去の記録によると、一日で消え去るときもあれば一週間以上も続くこともある。問題は、好天がやってくるのと食料と燃料が尽きるのと、どっちが先かということだ。

阿弥陀岳に登っていてよかった、と改めて思う。

自分がなんのために登るのか、その根底にあるものを見失ったままだったら、この悪天候に心を折られていたかもしれない。精神論だと笑われるかもしれないが、山を登る理由がはっきり胸にあるというのは、限界を超えた一歩を踏み出す力になってくれる。

阿弥陀岳に登れとアドバイスしてくれた親友の顔がまた浮かんできた。

久太郎は不思議なやつだった。

人懐っこくて、いつも元気であけっぴろげなくせに、芯の部分は人に見せないようなところがあった。なにか抱えているものがあるのはわかっていたが、俺の方から尋ねることはしなかった。話したくなったら、きっと話してくれるだろうと思っていた。

真面目で働き者だったが、たまに急にバイトを休むことがあった。「すいません、そっちまで行けなくなりました」、電話をしてきたとき、久太郎は決まってそう言った。急用ができたでも、体調が悪いでもなく、行けなくなった。それはまるで、夢遊病で目が覚めたら遠い場所にいた、そんなニュアンスに聞こえた。きっとこれも、あいつが抱えているものと関係していたんだろう。そういうときのシフトは、だいたい俺が代わりに入った。同じゴンドラに乗る予定だったときは二人分働いた。

その代わり、俺が山に登るためにしばらく出勤できないときは、久太郎が俺の分まで働いてくれた。持ちつ持たれつの関係だった。

あいつを最後に見た日のことは、はっきり覚えている。

二人でゴンドラに乗って、二十五階建てのオフィスビルの外窓を清掃していた。大通りに面した場所にあるため、眼下を見下ろすと、豆粒のようになった大勢の人たちが行き交っているのが見える。

三年近くも一緒に働いていたので、すっかり息の合ったコンビだった。くだらない会話をしながらでも、他の誰と組むより丁寧に素早く仕事をこなすことができた。

「なぁ、お前さ。前に言ってた初恋の子が、この窓ガラスの向こう側に突然現れたら、どうする？」

何ヵ月か前に飲みに行ったとき、久太郎は子供のころの初恋の相手が今でも忘れられない、という話をした。そのピュアな告白があまりに面白くて、ことあるごとにからかっていた。

「あいつは、こんなところにはいませんよ」

「なんで、そうはっきり言い切れるんだ。どこで再会するかなんかわからないだろ。高層ビルの窓ガラス越しに再会するなんて、いいと思うけどなぁ」

「修司さん、意外とロマンチストなんですね」

「登山家はみんな、ロマンチストなんだよ」

久太郎はそれを聞くと「たしかに」と頷いて笑った。

「でも、こんなところにいないって言ったのは、そういうことじゃないんです。あいつが普通の会社員になるって道を、選ぶはずがないんですよ。あいつには、もっと別の夢があったので」

「子供のころに別れたきりのくせに、なんでもわかってるような自信だな。お前の方が、ロマンチストじゃねぇか」

そう言って笑った直後だった。

俺たちの乗っていたゴンドラが小刻みに揺れ始めた。

地震。一瞬そう思ったけど、すぐにありえないと気づく。

俺たちが乗っているゴンドラは、ビルの屋上に設置されたクレーンからぶら下げられている。この状態で地震が来たとしても、揺れはクレーンを通して伝わってくる。ブランコのような大きな揺れになるはずで、こんな小刻みな振動にはならない。それに、ビルの中、窓ガラスの向こうにいるやつらは当たり前のように仕事をしている。

「おい、久太郎、だいじょうぶか」

とりあえず、声をかける。

山ではなにが起こるかわからない。精神も鍛えているつもりだった。だが、振り向いた先にいる親友は、さらに落ち着いていた。それどころか、この不可解な揺れの原因さえわかっている様子だった。

「なんか変じゃないか、この揺れ」

「大丈夫です、すぐ収まりますよ」

「なんでお前、そんな落ち着いてるんだよ」

「慣れてますから。ご迷惑かけてすいません」

かみ合わない会話。やっぱり、なにか引っかかる。お前、この揺れの原因を知ってるのか、そう聞こうとした瞬間だった。

銃声のような音と同時に、ゴンドラが傾いた。

千切れたワイヤーが、鼠花火のように暴れながら俺たちの間を通り過ぎる。もし直撃していたら、肉を抉《えぐ》られていただろう。

ゴンドラを吊《つ》っていたワイヤーのうち一本が切れた。当然ながら、ゴンドラは水平を保っていられない。

切れたワイヤーの側に立っていたのは、久太郎だった。傾いた衝撃で体が振られるが、咄嗟に柵《さく》をつかんで踏みとどまっていた。

ゴンドラはしばらく揺れてから、なんとか三本のワイヤーで安定を取り戻す。俺の立っている側から久太郎の方へ傾いているものの、立っていられないほどの角度じゃない。とりあえずは助かった、と安心しかけたときだった。

今度は、久太郎がつかんでいた柵が外れる。男一人の体重を支えきれなかったのか、鉄パイプでできた柵の両端の溶接部分が割れていた。

久太郎の腰には、当然、安全帯がしてある。だが、安全帯のフックが取り付けられていたのは、たった今、外れたばかりの柵だった。命綱のはずのフックが、あっさりと柵の壊れた部分からすべり落ちる。

久太郎の体はそのまま、ゴンドラから落ちそうになった。

「ふざ、けんなっ」

体を前に投げ出すようにして、腕を伸ばす。

久太郎の体が、落下していく。ゴンドラの足場を踏み外し、外れた柵をつかんだまま視界から消えそうになったところで、ギリギリ俺の手が届いた。

伸ばした手を、久太郎の右手がつかんでいた。反対の手には外れた柵。俺はゴンドラの上に寝そべるようにして腕を伸ばし、そこに久太郎がぶら下がった状態になる。

地震はまだ収まらない。小刻みに揺れ続けている。だが、そんなことにビビっていられなかった。親友を全力で引っ張り上げようとする。

左手の柵がなければ、久太郎は自分の力で上がってこれただろう。だが、地上では大勢の人たちが歩いている。柵を手放すわけにはいかない。久太郎を助けられるのは、俺だけだった。

「くそっ。誰だ、メンテの手ぇ抜いたやつは！」

力を入れ、気合いの代わりに叫んだ。

本来ならワイヤーもゴンドラの柵も、通常では発生しないレベルの荷重まで耐えられるように設計されている。おそらく、経年劣化で傷《いた》んでいたんだろう。

ゴンドラはビルに備え付けられているもので、メンテナンスはビル管理会社の仕事だ。俺たちの働いている清掃会社がブラックなのは知っていたが、管理会社まで適当だとは思わなかった。

「おい、大丈夫か」

「なんとか、無事です」

返ってきた声は、予想よりも遥かに落ち着いていた。口元では、相変わらずの白い歯が光っている。

こんな状況だってのに、なんで笑っていられるんだ、こいつは。

久太郎の背後、遥か眼下に地上の道路が広がっている。二十五階建てビルの上層階、地上七十メートルはあるだろうか。落ちたら間違いなく即死だ。

高いところは慣れてる。命の危険なら山で何度も味わった。それなのに、俺の腕は震えていた。自分の腕に一人の男の命がぶら下がっている、当たり前だ。

「修司さん、今までありがとうございました」

腕の震えに気づいたのか、久太郎は覚悟を決めたような声で言った。

「馬鹿やろう、死ぬみてぇなこと言ってんじゃねぇ！　俺がすぐ、上げてやる」

トレーニングは毎日かかしてない。大人一人を持ち上げるくらいできるはずだ。自分に言い聞かせ、腕にありったけの力を込める。筋肉が焼けるように熱い。

だが、俺が必死に力を込めるのに対して、腕を握り返す力は弱くなっていく。

「馬鹿なこと考えんな、俺を信じろっ！」

「信じてますよ、とっくに。でも、俺はもう大丈夫です。あのまま落ちてたらヤバかったですけど、もう死にませんよ」

久太郎は、すべてを受け入れたように、静かに笑った。

それは生きることを諦めたような弱気なものじゃなく、なにかに耐えて戦っている男の顔に見えた。

「俺、修司さんと会えて、まだまだ頑張れるってことがわかりました。俺にも、修司さんに比べたらちっぽけなことかもしれないけど、夢があるんです」

「なにわけのわかんねぇこと言ってんだ。いいから、さっさと上がってこい！」

「もしいつか、修司さんが同じように危険な状態になったら、必ず助けに行きますから。約束ですよ」

次の瞬間、久太郎は俺の手の中から消えた。

落ちたんじゃない。本当に、消えた。左手でつかんでいる柵と一緒に、霧が晴れていくように、すうっと輪郭がぼやけて見えなくなった。

久太郎がいなくなった瞬間、揺れが止まる。

高層を流れる強い風が、思い出したように頬を打った。

地上を見下ろしてみても、久太郎の姿はない。遥か下の方で、異常に気づいた社員がなにやら騒いでいたが、その周囲を大勢の人たちが遠巻きに見ながら通り過ぎているだけだ。ビルの窓ガラスの向こうに視線を向けても、誰も窓の外で起きた異常には気づいてなかった。

なにが起きたのか、まったく理解できない。一人で奇妙な幻覚を見ていたようだ。ただ、さっきまで久太郎を支えていた腕は熱を持っていたし、指先はしっかりと親友の命を繋ぎ止めていた感触を覚えている。俺の体だけが、森久太郎という男が確かにそこにいたことを訴えていた。

それ以来、あいつはバイトに来なくなった。誰も連絡先を知らず、履歴書に書いてあった電話番号は使用されていなかった。あいつと会ったのは、それが最後だった。

風鳴りが、爆音のように響いてくる。

アタックキャンプを発《た》って二時間。デナリ山頂は、見えているのになかなか近づいてこない。

ブリザードが通り過ぎるのを五日間待ち、やっと迎えた好天だった。だが、山頂を目指しているうちに、気まぐれな山の天気はまた少しずつ牙を剝き始めた。風が勢いを増し、視界が徐々に白んでいく。

山頂へと続く尾根を慎重に進む。雪が硬く、アイゼンの爪も浅くしか食い込まない。両側が断崖となった尾根から足を踏み外せば、そのまま雪山への供物となる。

この頂上稜線が、最後の関門だった。鋭く尖った尾根と古代の氷河浸食跡を覗かせる広い台地が交互に姿を見せ、ルートを複雑にする。

立ち止まって考えているときじゃない。ここを抜ければ頂上だ、一気に越えろ、そう直感が叫んでいた。

気を抜けば途切れそうになる意識を必死で繫ぎ止め、慎重にナイフエッジの尾根を渡る。

天候は一歩踏み出すごとに悪くなるようだった。吹きすさぶ風が体を左右に大きく揺らし、雪が礫となって撃ちつけてくる。山が巨大な扉を開いて、違う世界へ迷い込ませようとしているかのようだ。

そんなに嫌ってくれるなよ、俺は、諦めないぜ。

手厳しい歓迎に、せいいっぱいの強がりで答える。

視界はさらに悪くなり、ホワイトアウトする直前といった状態だった。アタックキャンプを出る前が今の状態なら、今日の登頂は諦めただろう。だが、頂上稜線を半分以上渡ってきている。今から引き返すのも危険だった。安全な場所を見つけて、山の機嫌を窺うべきだ。

尾根を越えて、広い氷原の台地に出る。台地の先に、巨大な氷の岩に囲まれた、風が凌《しの》げそうなポイントを見つけた。

あの岩場は、俺が一息つけるように用意してくれたのか？　だったら、いいところあるじゃないか。それとも、もっと危険な状況に追い込むための罠のつもりか？

山に問いかける。もちろん返事はない、子供じみた妄想だ。

すべての判断が、命へと直結する。迷いを持って進むのも危険だった。岩場へと辿りつくことだけにすべてを集中する。

一歩。踏み出した足と一体になったアイゼンが食い込むのを通して氷の厚みを感じる。一歩。吐き出す息が目出し帽ごしに白く霞む。一歩。急に重力が消えた。

一瞬、なにが起きたかわからなかった。

足の下に地面がない。両肩が激しい痛みを訴えている。

遅れて、理解する。クレバスに落ちたのだ。尾根に開いていた氷の裂け目に、足を踏み入れてしまった。

下を見ると、氷の裂け目は底が見えないほど深くまで続いていた。顔を上げる。地上までは一メートルくらいだ。クレバスの真ん中で、宙吊りになっていた。

背負っていたバックパックが、クレバスに引っかかってくれたのだ。肩の痛みは、バックパックの紐《ひも》が食い込んでいるせいだった。もし荷物をあと少しコンパクトにしていれば、氷の奈落へ飲み込まれていたかもしれない。

自分の迂闊《うかつ》さを呪う。原因はいくらでも浮かんできた。高所と疲労で集中力が落ちていた。足元への注意がおろそかになっていた。そもそも、この悪天の中で進もうとした判断が誤りだったかもしれない。

山がついに、俺をめがけて魔の手を伸ばしていた。

ちくしょう。こんなところで、死んでたまるかっ。

幸いにも、ピッケルは握ったままだった。バックパックが外れないように慎重に体を動かし、ピッケルを氷の壁に振り下ろす。

無駄だった。太古の氷は、刃を軽々と跳ね返す。全力で打ち込めば食い込ませることはできるかもしれない。だが、反動でバックパックが外れれば、終わりだ。

両腕の感覚が失われ、指先が痺《しび》れてくる。肩に食い込んだ紐が血の流れを止めているのだ。氷の隙間は天然の冷凍室となり、体温を急速に奪っていく。

ここまでなのか。お前は、俺の命も飲み込むのか？

これまで、多くの登山家たちを飲み込んできた山に尋ねる。

山はなにも答えない。死こそ、答えだというように。

体に、微《かす》かな揺れを感じた。

どこかで氷が崩れたのかもしれない。俺の命を繋ぎ止めているバックパックも僅かに震える。これが外れたら、クレバスの奥底へ吸い込まれるだけだ。

いよいよ、終わりか。そうよぎった直後だった。


「修司、しっかりしないか」


突然、親父の声が聞こえた。

そんな馬鹿なことがあるはずない。そうは思うが、頭上から、死んだはずの親父の声が聞こえてくる。

力を振り絞って、見上げる。クレバスの裂け目に人影が見えた。

疲労のせいか、霧のせいか、人影はぼんやり霞んでいる。

裂け目の縁にしがみつき、俺に向けて手を伸ばす男。ぼやけた視界の中、それは、親父の姿と重なった。

「修司さん、しっかりしてください！」

今度ははっきり声が聞こえた。

朦朧《もうろう》としていた意識が、霧が晴れるようにさえていく。吹雪の中、こちらに手を伸ばす男の姿がはっきり見えた。

「……久太郎？」

親父じゃなかった。

このデナリを登る間、何度も思い出した親友の名前だった。

「ぼけっとしてないで、ピッケルをこっちに伸ばしてください。お父さんが見られなかった景色を見るんですよね！」

いつの間にか、揺れは収まっていた。

久太郎はクレバスの裂け目に横這《よこば》いになり、右手を精一杯、身を乗り出すようにして伸ばしていた。

力が湧いてくる。さっきまで体が痺れて動かなかったのが嘘のようだ。

なんで突然、こんなところに久太郎が現れたのかはわからない。だが、あいつの声は、昔と同じように俺を励ましてくれた。こうなったら、幻覚だろうが幽霊だろうがなんだっていい、とことん縋りついてやろうじゃないか。

痺れて力が入らない右腕を振り上げ、手に握ったピッケルをせいいっぱい久太郎に向けて伸ばす。久太郎の手が、なんとか刃元にかかった。

「引き上げますよっ。せーのっ！」

大声と一緒に引っ張り上げてくれる。一緒にバイトしてたときの腕力は健在らしく、登山道具と合わせて八十キロはあるだろう俺の体を持ち上げていく。

助けられながら、ずいぶん前にもこんなことがあったな、と思い出した。あの時とは、立場が逆になっちまったけど。

なんとかクレバスから這い出す。両腕に血が巡り、徐々に感覚が戻ってくる。

「こっちです、早く！」

久太郎に導かれるように、そのまま立ち上がって歩き出す。見つけていた氷の岩に囲まれたポイントまで進み、そこに腰を下ろした。

ここまで歩けたのが奇跡だと思えるほど、全身に疲労が伸《の》し掛かってくる。もう一歩も動けない。足が氷漬けになって山と一体化してしまったようだった。

改めて、俺を救ってくれた男の顔を見る。

それは間違いなく、一緒にビル清掃のバイトをしていた、森久太郎だった。会うのは七年ぶりだが、驚くほど当時と変わっていない。体は、当時よりさらに逞《たくま》しくなった気がする。そして、ありえないことに、ジーパンにカーキ色のアウトドアジャケットという街でもぶらついているような格好だった。背中にバックパックを背負っているが、とても雪山に挑むだけの装備が入っているとは思えない。

なにから聞けばいいのかわからなかったが、とにかく尋ねる。

「なんで、ここにいるんだ？」

久太郎は当たり前のことを聞かれたみたいに、呆《あき》れたように笑う。

「約束したじゃないですか。修司さんが危ないときは、必ず助けに行きますって」

「そうだったな。そんな約束、したな」

それは、こいつが消える前に口にした台詞だった。信じてはいなかったが、耳の奥にずっと刻まれていた。

「お前……もしかして、死んでるのか？」

「馬鹿いわないでください。生きてますよ」

どうやら、幽霊となって来てくれたわけじゃないらしい。

「なあ、ここがどこかわかるか？」

「雪山、ですよね。むちゃくちゃ寒いんですけど。あと、なんか息苦しい」

「そりゃ、かなり標高高いからな。ってか、お前、そんな格好でいたら死ぬぞ。いや、普通の人間なら、とっくに死んでるぞ」

「なんか、あれです。俺に約束を守らせようとする力が、多少は寒さから守ってくれてるみたいです」

あまりに現実感がなくて、まともに質問するのも馬鹿馬鹿しくなってきた。

次の瞬間、また地面が揺れ始める。

もう、だいたいわかっていた。これは山が揺れているわけじゃない。この空間が震えているんだ。漫画みたいな話だけど、この揺れと一緒に、こいつは現れたり消えたりするんだろう。

久太郎は七年前と同じように、別れを受け入れた笑みを浮かべた。

「すいません。次の約束の時間みたいです」

「そっか。また消えちまうのか」

「短い間でしたけど、また会えて嬉しかったです。約束、守れてよかったです」

言いながら、ごしごしと体をこする。いい加減、寒さも限界なのだろう。

「今度会ったら、事情を聞かせろよ」

「どんな状況で再会するかによりますけど、努力します」

「あと、俺の手助けが必要になったら、どこにいたって駆けつけてやるよ。お前が俺を助けてくれたみたいに、ピンチに颯爽《さっそう》と現れて消えてやる」

「わかりました。約束ですよ」

水が乾くように、久太郎の輪郭が周囲から薄くなっていく。そして、雪景色に溶けるように消えてなくなった。

それからしばらく、氷が作ってくれた安全地帯に身を隠して待ち続けた。

このままブリザートが止まずに日暮れを迎えればどうなるだろうという不安と、久太郎や親父や俺が世話になった人たちの顔とが交互に浮かんで、打ち消し合っていく。

どれくらいそうしていただろう。ふと、風の音がしないのに気づいた。

氷の岩場から這い出ると、さっきまでの吹雪が嘘だったように雪が止んでいた。白んでいた視界がだんだん開けてくる。空を見上げると、雲間から青空が見えていた。

不思議と、体が軽くなっているのに気づく。まるで、久太郎が体力をわけてくれたようだった。

立ち上がり、山頂を目指す。

これまでの大荒れの旅路が嘘だったように穏やかな道のりだった。山が、俺のことを認めてくれたような気がした。わかったよ、上まで来ていいよ、そう言われた気がした。

標高六千百九十メートル、比高五千五百メートル。北米の最高峰、デナリの山頂に立つ。

選ばれたものしか辿り着けない魔の山の頂から、空を見上げる。

空どころか、宇宙にさえ手が届きそうだ。逆に、星々からも見られているのを感じる。あんなところに人間がいるぞ、という囁きが聞こえる。

視線を、地上の世界に戻す。

傾き始めた太陽が、おどろくほど低い位置で地上を照らしていた。

正面に見えるフォーレイカー、少し首を動かすとハンター、アラスカを代表する二大峰を見下ろすことができた。雪に覆われた純白の山並みが下界へ延々と続いている。

これまで登ったどの山とも違った。雪の白が濃い気がする。違う時代、人間が生まれるもっと前からここに在り続けている氷河の色だ。

山頂を吹き抜ける風が気持ちいい。おそらく、他の誰にも吸われることなく地球上を回っている空気だろう。

ゆっくりと呼吸をして、天空の大気を体の中に取り込む。

あぁ、そうか。

これが……親父の見たかった景色か。

ポケットから写真を取り出す。親父の写真を、景色に向ける。

なぁ、見えるか。あの世で会うことがあったら、どんなだったか詳しく教えてやるよ。だから、今はこれで我慢してくれ。

しばらく、父のことを考えた。

結局、この場所に立っても、父がどんな人だったかわからなかった。山に登る前に見えなかったことが見えてきたりはしなかった。

だけど、わかったことがある。

デナリを登る間、山と会話をしながら、ずっと大切な人たちのことが頭に浮かんでいた。

きっと、親父もそうだったんだろう。

大切な人の傍にいないことが、その人を大切に想っていなかったことにはならない。もう一度会いたい人の顔や、誰かと交わした約束。胸にある強い想いが、試練を乗り越える力になってくれるんだ。

そんなの、身勝手で独りよがりすぎるだろ。振り回される周りの人間の身にもなってみろ。そうは思うけれど……その想いがわかっていたからこそ、母は、どれだけ不安になりながらも父を愛し続けていたんだろう。

俺は決して、孤独な子供ではなかった。

山に登るには、愛が必要だ。

親父はいつもそう口にしていた。それは山への愛だと思っていた。だが、違った。山を登るためには、愛する人たちが必要なのだ。

涙が頬を伝う。

俺は愛されていたのだと、今さらながら気づく。

山頂を離れるまでの残り僅かな時間、遠くまで広がる景色を眺めながら、父と母のことを、仲間たちのことを、そして、幻のように現れて俺を救ってくれた親友のことを想い続けた。

明日へつづく約束

クリームシチューには、こだわりがある。
ルーは市販のものを使うけど、選ぶメーカーは決まっている。ジャガイモはメークインで他の野菜よりも一回り大きめに切る。鶏肉は先に薄く焦げ目がつくまでたっぷりのバターで炒《いた》める。臭み消しにローリエの葉っぱを一緒に煮込み、必ず一時間で取り出す。仕上げにパプリカとナツメグのパウダーをふりかける。
北海道流というわけじゃ全くないけれど、札幌に住んでいたときに色んな人に伝授してもらった技を合わせ、試行錯誤の末にたどり着いた一番おいしい組み合わせだった。
いつか恋人ができたら、このクリームシチューで料理上手な彼女という印象を持ってもらおう。高校生のころの私は、そんな甘い想像を膨らませて開発を重ねてたっけ。

青い記憶をぼんやり思い出しながら、鍋いっぱいに作ったクリームシチューがみるみる減っていくのを、複雑な気持ちで見つめていた。

目の前に座る骨太の女が、絶え間なく喋りながら三杯目を平らげていく。

「いやー。うまい。明日から同棲したいくらいうまいっ。なんでこんなに料理上手なのに、恋人もつくらないで売れない女優なんてやってるかね！」

彼女のために作ったわけじゃないけれど、おいしそうに食べてくれるのは嬉しい。

奈津子は私の周りに残っている、数少ない同じ世代の同志だ。

映画でエキストラ同然の端役をやったときに知り合ったのが五年前、それから付かず離れずで私たちの交流は続いている。

奈津子は体格がいい。太っているというより、骨格が大きいって感じだ。丸い顔と子犬みたいにいつも潤んでる瞳。美人というわけじゃないけど、リラクゼーション効果があるんじゃないかってくらいほっとする笑顔を持っている。本人も自分の魅力はよく理解していて、コメディもこなせる名脇役を目指していた。

「いつか連ドラで、みんなに愛される主人公の友達をやってやる」

というのが彼女がよく言う目標だった。私と同じく下積みが長かったけれど、最近、ちょこちょこと名前が知られて仕事が入るようになってきた。祝福する気持ちと悔しい気持ちが半分ずつ。話を聞くたび、置いてけぼりにならないようにがんばらないと、と焦る。

凍えた久太郎が現れ、私の部屋で風呂に入って、一緒に晩ご飯を食べている途中で消えた。それからすぐに、奈津子から電話がかかってきた。「今日、これから行ってもいい?」、時間は夜の九時半。きっと、稽古終わりなんだろう。久太郎のせいでモヤモヤして、誰かと話がしたかったので、すぐにオーケーした。

奈津子はビールと焼酎をもって私の部屋に現れ、入るなり「オスの臭いがする」と言った。

彼女と飲むときは、八割が仕事の話だ。舞台でどんな役をもらったか、次にどのオーディションを受けるのか、最近見た舞台の演出がどうだとか今クールのドラマの誰の演技がどうだとか。実力も本職にする気もないのに女優業にチャレンジしたいというモデルは糞《くそ》だとか。自分の娘くらいの歳のアイドルに媚びる演出家は死ねだとか。

後の二割はだいたい下世話な話。最近ごぶさただとか、せめて家賃を半分払ってくれる恋人がほしいとか、新人女優に寝取られた元彼が最近買ったという長ったらしい名前の外車が爆発すればいいのにとか、ベッドシーンを演じるならどういうシチュエーションがいいとか。まぁ、私も嫌いじゃないけど、奈津子の方がとにかく好きなんだ。

だから、久太郎のことも根掘り葉掘り聞かれた。さっきの臭いもそうだけど、大量に作られたクリームシチューにうっかりバスルームに放置していたジーパン、言い訳はできなかった。

ありのままを話しても突飛すぎて信じてもらえないだろうから、ただ単に幼馴染と街でばったり再会したことにした。

「えぇ、なにその展開！　すごいロマンチック！　したの!?」

「なんで、最後にそれがつくかなぁ」

相変わらずの第一声に呆れながらも、実際、しそうになったんだよね、と打ち明ける。

「未遂!?　なんでブレーキかかったのよ、新型国産車か！」

「まぁ、色々と事情があったのよ」

「なるほど。ゴム欠ね。走って買いに行けよ、なんのためにコンビニが二十四時間営業してると思ってるの」

少なくともそんな理由じゃない、と突っ込むのも馬鹿らしくなって、新しくビールのプルトップを開けながら話を微修正する。

「変かな。子供のころ、ひと夏をすごした男の子とばったり会って、それで、なんか、してもいいなって思うなんて」

「え、まぁ、別に普通でしょ」

あっけらかんと答える。奈津子は見かけによらず恋多き女だ。

「あたしら子供じゃないんだし、毎日なんだかんだ忙しいし、じっくり選んでる時間なんてないよ。それに、もういい加減、やっちゃ駄目な男とやってもいい男の臭いくらいかぎ分けられるでしょ」

「あんたの鼻が欲しいよ」

「でも、覚悟した方がいいよ。田舎の男と海の男はハゲしいから」

「偏見でしょ、それ」

「まぁ、田舎の男は偏見かもしれない。でも、海の男はマジ最強だったから！　あの太刀魚漁師、マジ最強だったから！」

「あんたの経験談なんて聞きたくない。あ、でも彼、童貞だっていってた」

「え、マジで！　田舎の男なのに！」

「偏見がすぎるよ」

「でもさ、そんな風に考えてるってことは、もう好きになってるんじゃないの？」

「……な、にぃ」

言われるまで、考えもしなかった。この胸に広がる温かい感情は、思い出の悪戯《いたずら》だと思っていた。ずっと心の支えにしていた少年ががっつり男になって、私がかつてないほど落ち込んでるときに現れて励ましてくれた。だから、吊り橋効果的に惹かれたんだと思っていた。

でも、冷静になって考えたら……これは、私のよく知ってる感情だった。つまり、恋。

「だめだめ、私、そんなことしてる暇ないっ。夢に命かけるって、改めて誓ったんだから！」

「恋愛は演技の肥やしだ、と、未来の大女優、木村《きむら》奈津子は言った」

「そんな手垢《てあか》のついた台詞を、自分で考えたみたいに言うなっ」

「いいから、四の五のいってないで体で確かめなよ。で、次はいつ会うの？」

「……明日」

「ワオ！」

そんなわけで、いつもは仕事八割の飲み会が、今日だけは下世話な話が十割だった。すっかり酔っぱらって、ピタッとしたパンツを穿《は》いてるのが嫌になったのか奈津子が思い出したように聞いてきた。

「そういや、私のジャージって、この前、置きっぱにしてなかったっけ？」

「あ、あれね。えっと、どこにしまったかな」

「いいよいいよ。今日は終電で帰るから。また泊まりに来るときまでに探し出しといてね」

咄嗟に誤魔化してしまった。ジャージは、久太郎が着たまま消えたんだ。別に、奈津子は失くしたといっても怒らないだろうけど、あのファンキーピンクのジャージ姿でどこかにテレポートしたあいつのことを思うと、ちょっと不憫《ふびん》になった。

そこで、気づいた。いつの間にか、すっかり久太郎の存在を受け入れていた。いきなり現れたり消えたりするのを見せられたので超常現象だっていうのは信じるしかない。でも、約束を守るためにテレポートっていうのはいくらなんでも馬鹿げてる。アラスカの雪山にいたなんてふざけすぎだ、そう思ってたはずなのに。

「あぁ、この人、無事だったんだってね。すごいよねぇ！」

いきなり、奈津子が大きな声を上げた。

何気なくつけていたニュース番組に、日焼けした精悍《せいかん》な顔つきの男性の写真が表示されていた。奈津子が勝手にボリュームを上げる。ちょうどキャスターが映像の解説を読み上げるところだった。

「えー、ただいま、デナリ単独登頂中に連絡が途絶え安否が心配されていた藤岡修司さんが、無事に登頂を果たし、キャンプ地まで生還したとの一報が入りました。短い時間ですが、ご本人と我々の取材クルーが交信できましたので、歓びの声をお届けします」

それは、今日の昼から話題になっていた登山家のニュースだった。

デナリという北アメリカで一番高い山に、真冬に一人で挑戦した。とてもすごいことだけど、それ自体はこれまでに成功した人が何人もいて、全国ニュースになるほどじゃない。

注目された理由は二つある。一つは、彼のお父さんが有名な登山家で、その遺志をついでの挑戦ということでマスコミが盛り上げていたこと。それから、彼が山頂にアタックするとされていた日から一週間ほどブリザードが発生し、連絡が途絶して、半ば生存は絶望的というようなムードで報道されていたからだ。

彼が生きていて、登頂に成功までしていたというのは、山に無知な私でもすごくワクワクするようなニュースだった。

山に入る前に撮ったという写真の下には藤岡修司という名前が表示され、ノイズの混じった音声が再生される。

「単独登頂、おめでとうございます。頂上からの眺めはどうでしたか？」

「ありがとうございます。月並みですが、とても感動しました。すみません、本当はもっと色んなことを感じたんですが、ちょっと、うまく言葉では言えません」

「山頂付近でブリザードに遭遇しましたよね？　その時は、どんなお気持ちでしたか？」

「生き残ることで必死でした。ただ、それだけです」

「藤岡さんの挑戦する力は、いったいどこから湧いてくるんですか？」

「これも月並みな言葉ですが、感謝ですね。無謀な挑戦を応援してくれた母や、登山家だった父や、これまで支えてくれた人たちへの。途中から、そればかりを考えてました」

「なるほど。単独登頂ですが、気持ちは独りで登っていたわけじゃないということですね」

インタビュアーの人が、うまいこと言ったぞ、という雰囲気を匂わせながら締めようとする。藤岡さんは一瞬だけ迷ったあと、急に多弁になった。

「実は、頂上にアタックするときにクレバスに落ちたんです。自力で登るのは、もう不可能な状態でした。でも、そこにいきなり、昔、一緒にアルバイトしていた友人が現れて助けてくれたんです。馬鹿なこと言ってると思うでしょう？　でも、本当なんです。幻覚じゃなく、本当にいたんです。彼が、俺を、クレバスから引き上げてくれた。あいつがいなかったら……きっと、俺はここにいない。ありがとう、ありがとうな、久太郎。俺、ちゃんと見てきたよ」

いきなり彼が語り出した奇妙な話に、インタビュアーは返す言葉を失っていた。
変な人だ、すてきー、と奈津子が笑う。すっかり気に入ったらしい。
でも、私は笑えなかった。
うわー、マジかー。マジだったのかー。
どうやら私は、とんでもない男を好きになってしまったらしい。

＊

ドラマ出演が決まった。

台所で晩ご飯を作っていると、携帯が鳴った。東京に出てきてからしばらくお世話になっていた演出家・南部さんからの、直接のオファーだった。南部さんは劇団を解散し、大手プロダクションと契約してから、着実に成功への道を歩んでいた。初監督作品だった深夜ドラマをヒットさせ、有名女優を主演に招いた舞台を成功させ、満を持してゴールデンのドラマを撮ることが決まり、そこでなんと、私に声をかけてくれた。

『考古学探偵スオウ』、全九話のミステリー。クランクインは二週間後だ。私の役は主人公スオウ教授の助手の妹。教授に想いを寄せていて、第三話で絞め殺される。でも、これまでもらった端役と違って、顔も出るし台詞もたくさんある。南部さんは電話口で、台本を読んだときに私の顔が急に浮かんだ、と教えてくれた。

「諦めて、札幌に帰らないでよかった」

電話を切って、天井の蛍光灯を見上げながら呟く。

もし札幌に帰っていたら、今日、この話がきても断っていただろう。とにかく久太郎に感謝だ。やっと巡ってきたチャンス、絶対に成功させてやる！

そこで地震が起きた。さすがに慣れたのでもう驚かない。

久太郎は、今夜はちゃんと玄関に現れた。背中には相変わらず大きなバックパックを背負っている。服装は、まさかの昨日私が貸したピンク色のジャージ姿だった。

「よかった。また会えたね」

「なにいってんだよ、約束しただろ。俺は、絶対に約束を破らない」

「ごめん、そうだったね……ところで、一日、その服装でいたの？」

「ん。あぁ。なんか変か？」

どうやら、こいつにはセンスというものが欠落しているらしい。苦笑いを浮かべながら、今度、ちゃんとした服を選んであげようと決めた。

「晩ご飯まだできてないんだ。もうちょっとかかるから待ってて」

久太郎はバックパックを下ろすと、お腹をすかせて帰ってきた子供のように台所を覗き込む。その様子を見て、少しだけ申し訳なくなった。

昨日はりきってクリームシチューを作ったものの、時間的にもお財布的にもちゃんとした料理でもてなすのはあれで限界だった。今日の晩ご飯は、肉少なめ、野菜多め、半分以上はもやしでできている水炊き鍋。でも、久太郎は、鍋を埋め尽くすワンパック三十円のもやしを見て、嬉しそうに笑う。

「……なんか、いいな、こういうの。俺、この十年、同じ場所に帰ってくるなんてなかったから。誰かが料理を作って待っててくれるって、すごい幸せなことなんだな」

胸がぎゅっと縛られたように痛くなった。誰だってふとした瞬間に口にしそうな、ありきたりな台詞。だけど、私の心と久太郎の心が糸電話で繋がったように、彼の抱えてる孤独が微かな振動となって伝わってきた。

「ねぇ、これまで、どうしてたの？　私が札幌に行ってすぐに、川音町から引っ越したってのは聞いたけど」

引っ越した。その控えめな表現に、彼は苦笑を浮かべる。

「だいたいわかってるんだろ。俺の親父はロクデナシだった。どうにもならなくなって、夜逃げしたんだよ」

「うん……お祖母ちゃんから聞いた。そのあとは、どうしてたの？」

「昔の話はいいだろ。それより、もっと楽しいこと話そうぜ」

久太郎は白い歯を見せて笑い、堂々と話を変えた。隠すというよりも、単純に聞かせても面白くないから話さないといった様子だった。きっと、さっき感じた孤独は、この辺りから伝わってきたんだろう。

彼がどんな人生を送ってきたのか知りたかった。でも、まだ再会して三日目だ。過去のことは、もう少し先、彼が話したくなったときに持ち越すことにする。

「じゃあ、今の久太郎のこと聞かせてよ。どこに住んでるの？」

「定住してるところはない。旅暮らしって感じだ。だって、いつどこに飛ばされるかわかんないのに、家なんか借りれないだろ」

　ふと、彼がいつも背負っているバックパックに視線を向ける。もしかしたら……いや、きっと、これが彼の持ち物のすべてなんだろう。ミニマリストにもほどがある。

「じゃあ、どこに泊まってるの？」

「金に余裕があるときは漫画喫茶。どうしようもないときは野宿だな。でも、人って意外と温かいんだぜ。通りすがりの人が泊めてくれたりするんだ。で、落ち着ける場所が見つかったら仕事を見つけて働く。誰かと約束があったら飛ばされる。その繰り返しさ」

「仕事って、なにしてるの？」

「日雇いのバイトだよ。その日のうちに給料がもらえるやつ。ビル清掃のバイトは融通がきいたし給料もよかったから、けっこう長いこと続けてたけど」

　確かに、いつテレポートするかわからない人が定職に就くのは大変だろう。というか、バイトだとしても大変だ。交通整理の人とかコンビニのレジの人がいきなり消えたら、困る。

「……苦労したんだね」

「まぁな。何回、バイトの途中で消えて迷惑かけたか。途中で消えたら、それまで働いた分の給料だってもらえないしな」

ものすごく大変だっただろうことを、久太郎は過去のちょっとした失敗談のように笑う。

「どれくらいの間隔で飛ばされるの？　約束って、そんなに頻繁にあるわけじゃないよね？」

「それが、けっこうばらばらなんだよ。一ヵ月くらいなにもないときもあれば、一日に三、四回飛ばされることもある」

「そんなに。大変だね」

「たいしたことない約束でも、どっちかが覚えてれば有効なんだ。ちゃんと数えてないだけで、誰だって本当はたくさんの約束をしながら生きてるんだよ」

そういえば、昨日、奈津子とお酒を飲んで騒いだ時も、たくさんの約束をした。休みを合わせて温泉いこうねと話したけど、それは単なる願望でどちらも企画しないだろう。奈津子の太刀魚漁師との恋話を今度聞くからとあしらったけど、正直、聞くつもりは永遠にない。酔いが完全に回ってから今年中に一緒のドラマに出ようと誓い合ったけど、なんのプランもない。

口にした瞬間から消えていく、消耗品のような約束。その場の雰囲気で交わされ、都合よく使われ、あっさりと捨てられる。この世界では、毎日、どれだけの約束が交わされ、忘れられていくのだろう。

すべての約束が、同じ重さをもつわけじゃない。

約束は時として、私たちの日常会話を彩《いろど》る飾りでもある。

でも、久太郎にとってはそうじゃない。すべてが、守るべき大切な約束だった。

「この前なんか、高校の友達と車を買ったら一番に助手席に乗せてもらうって約束してさ、そいつがディーラーで新車買った直後の場所に飛ばされて乗せてもらった。すげぇ嫌な顔されたぜ」

「うわぁ。くだらない約束」

「あと、万馬券が当たったらおごってくれるって言ったやつがいて、で、わざわざ会いに行っておごってもらった」

「ほんとに、くだらない……そもそも、その体質ってなんなの？」

思い切って、聞いてみた。

彼のこれまでの人生については、彼が話したいときでいい。でも、この約束を守らないといけない体質については、後回しにするわけにはいかない。それは、これからの私と彼の関係性に大きく関わることだ。

「子供のころは、そんなのなかったよね」

「あぁ。この体質になったのは、高校三年のときだ。なんでこんな体質になったのかは、俺にもわからない。きっかけだけは、はっきりしてるけどな」

「きっかけって？」

「高校生のとき、工事現場の事故に巻き込まれて死にかけたことがあったんだ。三日間、昏睡《こんすい》状態が続いた。なんでも、医者には回復の見込みはないって言われてたらしい」

「そんなことが……あったんだ」

「で、眠っているあいだ、俺はずっと、これまでの人生で交わした約束の夢を見てたんだ。その中に、とても大切な約束が一つだけあった。それを、どうしても守りたいって必死で念じてたら、目が覚めた。医者も驚いてたよ」

「それが、きっかけ？　目が覚めたら、その体質になってたってこと？」

「あぁ。ほんと、びっくりしたよ」

「そんな、軽い感じで言わないでよ」

「あれ、鍋、噴きこぼれてないか？」

「え？　うわぁ」

火にかけっぱなしだったもやし鍋は、盛大に泡を吐き出していた。

慌てて台所に駆け込み、火を止めて片付けをする。久太郎が子供のように物欲しそうな顔をしていたので、ついでにテーブルに並べた。

一緒に鍋をつつきながら、話の続きを聞く。

「よくわからないけど、俺が昏睡状態から回復できたのは、約束のおかげだと思うんだ。だから、約束を守るのは大変だけど、そこまで嫌じゃないんだよな」

「もし、守らなかったらどうなるの？　また昏睡状態に戻るとか？」

「さぁ、どうなるんだろうな。言ったろ、俺、これまですべての約束を守り続けてきたんだよ。破ったらどうなるかなんて気にしたこともないな」

この体質のせいで、久太郎の人生は大きく狂ってしまったはずだ。

だけど、青春時代の恥ずかしい思い出を話すように笑いながら鍋をつつく。これまでの苦労や後悔をまったく感じさせない。自分の歩いてきた道に悔いは一つもない、そう語っているような自信に満ち溢れていた。

「久太郎は、約束のせいで、すごく大変な思いをしてきたんだよね。それなのに、どうしてそんな風に笑っていられるの？」

「そりゃあ。この体質になってすぐは、なんで俺だけこんな目にあうんだって思ったりしたよ。でも、約束を守ってると、たまに思いもよらないくらい楽しいことがあるんだ」

「楽しいことって?」

「たとえばさ、約束のおかげで、アオとまた会えただろ」

しばらく、久太郎が美味しそうに鍋をかき込むのを見つめていた。

初めて舞台に立った時みたいに、ドキドキしていた。久太郎があっさり口にした言葉が、泣きそうなくらい嬉しかった。きっとこれは、奈津子に言われた通り、恋なんだろう。

だけど、次の約束がきたら、久太郎はまたどこかに消えてしまう。そして、次にいつ会えるかわからない。

「そうだ。携帯電話の番号、教えてよ。また会いたいからさ」

「ん。あぁ、携帯な……持ってないんだ」

一瞬、彼の言うことが理解できなかった。携帯を持っていない人が、まだいたなんて。約束でいつどこに飛ばされるかわからない久太郎には、なにより必要なもののはずなのに。

「携帯ないって、どういうこと?」

「まぁ、あれだ。携帯電話のせいでさ、約束ってずいぶん軽くなった気がするんだよな。待ち合わせにしても、なにかを頼むにしても、いつでも連絡できる手段ができたせいで、みんな一つ一つの約束をあんまり大事にしなくなったというか」

「まぁ、そうかもしれないけど」

「だから、約束を守る男としては、とりあえず携帯は持たないでいようと決めたんだ」

ちょっと、なに言ってるのかわからない。

久太郎の言うことはわかる。たしかに、携帯があれば集合時間に遅れる連絡も、待ち合わせ場所の確認もすぐにできる。だから、約束なんてとりあえずでいいし、あとで変更するハードルもすごく低くなった。

だけど、それはそれで、便利なものは使えばいいのに。

不思議な生き物展の展示物でも眺めるような目をしていると、久太郎は少し照れくさそうに首をかきながらつけたした。

「っていうのは言い訳で、実は、住所がないから契約できないんだ。あと、金もないし」

「あ、そう」

呆れて呟く。でも、呆れながらも、胸の中、真夏の入道雲のように膨らんでいく気持ちにも気づいていた。

久太郎と、もっと話がしたい。もっと傍にいて欲しい。たくさん料理を作ってあげたいし、一緒にいろんな場所にいきたい。もっと、彼のことを知りたかった。

「あ、あのさ……いつも知らない場所に飛ばされるなんて大変だよね？」

「だから、そう言ってるだろ」

「もし、誰かと毎晩ご飯を食べるって約束をしたら、久太郎はずっと同じ場所に戻ってこれるってこと？」

「ああ。でも、そんなやついないよ。この体質のこと、他にも何人かに話したことあるんだけど、馬鹿にされるか気持ち悪がられるのがほとんどだった。信じてくれたやつもいたけど、そんな風に助けてはくれなかったよ」

答えながら、どこか寂しそうな笑みを浮かべる。きっと、体質を打ち明けるくらいだから一度は信用した人たちだったんだろう。そして、拒絶され何度も傷ついてきたんだろう。その笑顔を見て、私の気持ちは決まった。

「約束してもいいよ。毎晩、久太郎と一緒にご飯食べるって」

「……アオ」

久太郎が、目を大きく見開く。

それから、白い歯を見せて嬉しそうに笑った。笑い方も歯の白さも、あのころと同じで曇りひとつない。そこで急に、自分の熱を測るように額に手を当てる。

「あ、ごめん、それ無理だ」

「なによ、それっ。人がせっかく勇気を出して提案したのに。断るにしても、もうちょっと言い方があるでしょ」

「待て、落ち着けよ。嫌ってわけじゃない。アオが提案してくれたのは、すっげぇ嬉しいんだ。本当なら、約束したいんだよ」

「なら、なんでよ！」

「明日は先約があるんだ。だから、約束できない。他の約束とブッキングするときや、どんなにがんばっても守れない約束をしようとしたときは、頭が締めつけられるみたいに痛むんだ。今、それを感じた」

「守れないことが決まってる約束は、はじめっからできないってこと？」

「そうだ。それに、明日だけじゃない。俺は今までの人生でたくさんの約束をしてる。約束を守る体質になってからも、ずっとだ。だから、毎晩ここに戻ってくるのは難しいと思う」

「……なんで、そんな体質になってるのに約束を増やしてるのよ」

「だって、約束のない人生なんて寂しいだろ」

当たり前のように言って、久太郎はまた笑う。

前向きで、自分の正しいと思うことに真っ直ぐで、自信たっぷりな表情。

そつか。こいつは高校生のころからずっと、こうやって生きてきたんだ。だから、こんなにも純粋なんだ。

「それに、アオにはアオの人生がある。こんな体質の俺と、毎晩一緒なんて駄目だろ。貧乏だし、まともな仕事にもつけないし。そのうちもっと大切な人ができて、俺が邪魔になるときだってあるかもしれない」

そんなことないよ、と言いかけて、言葉に詰まった。将来のことはわからないとしても、確かに社会人として生きている限り、毎晩一緒に晩ご飯なんて難しいだろう。

「じゃあ、毎回、会うたびに次の約束をするっていうのはどう？」

「それなら、大丈夫だ」

会うたびに次に会う約束を重ねていく。それはそれで、面白いかもしれない。

一つ一つ、編み物を編むように、大切に繋いでいく。この約束が途切れない限り、私たちは離れ離れにはならない。

誰かと約束するってことが、こんなに楽しいものだったなんて、忘れてたな。

真っ直ぐ、約束に愛された男を見つめて、次に会うためだけの約束を告げた。

「久太郎、明後日、私と一緒に晩ご飯を食べよう」

「あぁ、約束だ」

久太郎はそう言って、右手を差し出してくれた。握手かと思ったら、突き出された右手は握り込まれていた。そこから、ぴょこんと小指が立ち上がる。

そうか、約束といえば、これだった。指切りなんて、いつ以来だろう。

彼の大きな指に、私の小さな小指を絡ませる。さすがに歌を口ずさみはしなかったけど、歌のリズムに合わせて小指を揺らす。

そして、指を切ると同時に、告げた。

「うん、約束っ！」

＊

金曜の夜ということもあり、居酒屋は賑やかだった。

突然、南部さんに飲み会に誘われた。

「『考古学探偵スオウ』の準主役以下のメンバーで決起集会をすることにした。今、これから。出てこれないか？」

相変わらず、演出は繊細なのに、普段は大学の体育会系の先輩みたいなノリだった。

南部さんは、本読みをしない監督として知られていた。普通は本読みと呼ばれる、撮影前に出演者が集まって台本の読み合わせをする日があるものだけど、南部さんに言わせると、現場じゃないところでやっても時間の無駄、なのだそうだ。だから、急な飲み会だとしても、事前に他の出演者と顔合わせができる機会があるのはありがたい。

指定されたのは池袋にあるチェーン店の居酒屋。奥まった個室には二十名近い役者が集まっていた。知り合いもちらほら。主役クラスの人はいないけど、テレビで見かける有名な俳優の姿もある。

若手ながら名脇役として知られている大森《おおもり》ビンゴさん、嫌味な上司をやらせたら右に出るものはいない日野市彦《ひのいちひこ》さん、役者に転身してからいまいちぱっとしないという評判だけど以前はバンドマンとして大人気だった伊藤《いとう》カロさん。ここにいるメンバーと肩を並べられるようになっただけで感動ものだ。

南部さんは一番奥で、まだ乾杯したばかりなのに、熱っぽくなにかを語っていた。

「ねぇ、あなた知ってる？」

そこで、隣から声をかけられる。横に座っていたのは、元アイドルのベテラン女優・一ノ瀬《いちのせ》陽子《ようこ》さんだった。ちなみに、第二話で殺される役だ。

「南部さんっていつもこういうことするの。脇の団結を固めておくと作品の雰囲気がよくなるんだって。南部マジックの一つね」

「なるほど。だから、脇役だけなんですね」

それにしても、久太郎と晩ご飯を食べる約束をしてない日でよかった。南部さんの誘いは断れないけど、彼との約束も急用ができたからって取り消すわけにはいかない。毎晩一緒に、なんて約束がもしできていたら、彼は今ごろ、この居酒屋にテレポートしていただろう。

「まぁ、単に主役クラスの人たちはもっと高級な店でやってるだけなのかもしれないけどね。みんないっせいに食中毒になればいいのに」

付け足された毒舌は聞こえないふりをした。ベテラン女優の意外な一面だ。

「そういえば、あなた、第一話の撮影場所、行ったことある？」

「いいえ、私にはとても行けるような場所じゃなかったので。いちおう調べましたけど、すごいところだったみたいですね」

第一話は、二時間スペシャルとして放送される。事件の舞台になるのは高級リゾートホテル。そして、撮影場所として選ばれたのは、東京湾沿いにある『東京クウィンズベイ』という閉館したばかりの高級ホテルだった。一九八〇年代に建てられた、バブル期を象徴するような場所だったらしい。でも時代の流れには逆らえず、昨年末に営業終了となっていた。話題性もあるし、たしかに撮影にはもってこいのロケーションだ。

「あそこには、私の青春が詰まっているの。あのころはよかったわぁ。若くて、まわりもちやほやしてくれて、殺される役なんて絶対に回ってこなかったのに。あぁ、勘違いしないで。ちゃんと仕事はやるわよ。だから今日ぐらいは愚痴らせて。あ、煙草《たばこ》いい？」

一ノ瀬さんは、私の返事も待たずに煙草に火をつける。悪いお酒になりそうだ。

しばらく愚痴を聞いていると、南部さんが私の隣にやってきて話しかけてくれた。順番にテーブルを回ってるらしい。

四十代後半、白髪交じりの髪に乱雑に伸ばした口髭、お腹は私が知っているころよりぽっこり出ている。電車に乗ればすぐに見つけられそうな普通のおじさん。でも、目だけはやたらギラギラしている。

「久しぶりだね、アオちゃん」

そう言いながら、私のグラスにビールを注いでくれた。電話では何度か話したけど、会うのは久しぶりだ。

「南部さん、今回は声をかけていただき、ありがとうございました」

オーディションでも受けてるみたいに鼓動が速くなる。学生のころから、ずっと憧れていた人だ。上京してまっ先に、この人の劇団の門を叩いた。すぐに遠いところにいってしまったけれど、憧れは今も持ち続けている。

「うん。実はさ、この間、『アストロノーツ』の公演をこっそり見に行ったんだよ。君が出演してたやつ」

「えぇっ！　それなら、楽屋に顔を出してくださればよかったのに――あー、無理ですね」

言ってる途中で気づいた。『アストロノーツ』は、かつての南部さんの仲間たちが立ち上げた劇団だ。私も、ときどきゲスト出演として声をかけてもらっている。

大手プロダクションに引き抜かれていった南部さんのことを、応援している団員はたくさんいる。でも、南部さんと同世代の人たちの中には裏切られたと感じている人たちもいるのだ。

「君は、すごく輝いてた。びっくりしたよ、しばらく見ないうちにこんなに魅力的になってたなんて」

「あの劇でも、殺される役でしたけどね」

思い出して、苦笑いを浮かべる。出番は多かったけど、まぁ、酷い役どころだった。途中からゾンビになって燃やされる。あの劇で、よく私のことを認めなおしてくれたものだ。

「最初の館に閉じ込められてパニックになるところとかね、すごかった」

「なるほど、それで声かけてくれたんですね」

「今回の役も、かなりヒステリックなタイプだからね。あの舞台に負けない、振り切った演技を期待してるよ」

「まかせてください。ばっちり半狂乱で絞殺されてみせます」

「浅野《あさの》のやつは、元気でやってるか？」

急に、意外な質問をされた。浅野さんは『アストロノーツ』の団長をしている人で、私もすごくお世話になっている。南部さんとは同じ大学の出身で、一緒に劇団を立ち上げた同志だったはずだ。

「元気ですよ。相変わらずストイックに役作りされてます」

「そっか。なぁ、今回のドラマ、あいつにも出てもらいたいんだけど。俺が会いにいったら、話、聞いてくれるかな」

すぐに答えることができなかった。本人がどんな風に思っているのかはよくわからない。だけど、『アストロノーツ』の中では、浅野さんの前で南部さんの名前を出すのはタブーみたいな感じになっている。

「劇団辞めるとき、あいつと約束したんだよ。お互い有名になって、またいつか、でかい仕事を一緒にやろうって。ずいぶん昔だから覚えてないかもしれないけど。それ以来、あいつとは連絡とってねぇんだよな」

約束。その言葉が胸に響いた。

久太郎が熱っぽく語ってくれた言葉が、頭の中に蘇ってくる。気がつくと、口にしていた。

「浅野さんが覚えているかはわかりませんけど……それが約束なら、守るべきだと思います。私の友達が、言ってたんです。約束って、遠い日に置いてきた願いなんだって。悩んでいるなら聞いてみるべきだと思います」

南部さんはギラギラした目で、じっと私を見つめた。すぐに言い過ぎたと気づいて、すいません、生意気でしたね、と付け足すけれど、彼の表情は変わらない。

「……ところで、君は上京してきて何年だったかな？」

「十年に、なります」

「そっか……もうそんなになるか。そりゃあ、大人になるわけだ。ここは厳しい世界だ。ぜったいに売れるなんて断言はできない。でも、君にはもっとチャンスがあってもいいと思ってた。そろそろ、波が来てもいいころだと思ってるんだ」

「ほんとですか？」

「だから、断言はできないっていったろ。でも、これだけは憶《おぼ》えとけ。人生には幕がある。ひた向きに頑張ってれば、いつか幕が上がる瞬間があるんだ。それまでは下積み、稽古に下準備だ。幕が上がるのがいつかはわからない。でも、その瞬間は必ずやってくるし、その瞬間がきたら必ずわかる。だから、やめんなよ」

南部さんはそう言って、急に顔をくしゃくしゃにして笑いかけてくれる。思わず、やたら目がギラギラしているだけの普通のおじさんなのにドキドキしてしまう。これが、業界で南部マジックといわれる、役者をノせるテクニックの一つなんだろう。

南部さんが席を立って、違う役者さんのところへ行ったあとも、今の言葉がぐるぐる回っていた。

ちゃんと、見る人は見てくれていた。役者をノせるためにオーバーに言ったのかもしれない。でも、それでも、今の私に必要なのは、そういう言葉だった。

久太郎の、白い歯が覗く笑顔を思い出す。

ここに来られたのは、彼のおかげだ。心が折れそうなときに、彼が来てくれたからだ。

いつか交わした約束が頭をよぎる。

「初めて主演をやるとき、一番前の席を空けておくから、きっと、見に来て」

一度は諦めかけた夢が、熱を持って蘇ってくる。

あなたが守ってくれたように、私も守ってみせるよ。

十六年間、ずっと胸の中にあって支えてくれた約束を、改めて心の中で呟いた。

駄菓子屋の子供たち

スーパーのお菓子売り場で、いつも立ち止まってしまう。

今年になって、お菓子はまた一段と進化した。定番の駄菓子にも富士宮《ふじのみや》焼きそば味や瀬戸内レモン味なんて珍しいものがでるようになった。どうも、日本の一地域をピックアップするのが流行のようだ。ぶどうとそっくりの食感のグミや、真夏でも溶けないチョコレートなんてものも見かける。パッケージもどんどんおしゃれになっていく。このままじゃ、何十年も前から変わらない人気の駄菓子たちも、伝統や懐かしさなんて言葉の上に胡坐《あぐら》をかいていられなくなってきそうだ。

おまけの進歩はさらにめざましい。立体的にイラストが飛び出すシールや細部までよくできた人形。いや、人形じゃなく、今はフィギュアと呼ぶのだった。これも、子供たちから教えられたことだ。

もうすぐ七十歳になろうというのに、お菓子に関心があるのは、昔、駄菓子屋をしていたからだ。

山と田んぼに囲まれた田舎町で育った。山と田んぼに囲まれて大人になり、町を出ることもなく結婚して二人の娘を育てあげた。その間、人生のほとんどを駄菓子屋の店先に座って過ごした。娘たちが成長して町を出ていき、十五年前に夫に先立たれてからも、ずっと一人で店を続けてきた。

眠りにつくとき隣に夫がいないのは、どれほどの年月を経ても寂しい。けれど、一人で店を続けることを寂しく思ったことはなかった。当時はコンビニエンスストアなんてなくて、小さな駄菓子屋には毎日、大勢の子供たちが集まっていたからだ。

店を閉めたのは、二年前。山と田んぼにかこまれた田舎町にもコンビニができ、郊外には大型スーパーができ、駄菓子屋の役目は終わった。それから、娘夫婦に説得され、彼らが住む街に引っ越すことにしたのだ。

都市部の郊外にあるシニア向けマンションが、今の私の住み家だ。シニア向けとは、六十歳以上限定という意味らしい。初めて話を聞いたときは、年寄りを一つの場所に集めて、まるで姥捨《うばす》て山じゃないかと思った。

けれども、実際に暮らしてみると、なかなか快適なものだった。

入口にはいつも管理の人がいてなにかあればすぐに手を貸してくれる。頼めば定期的にヘルパーの人も来てくれるし、ちょっとした買い物なら宅配して貰える。もちろんエレベーター完備だし、廊下も部屋の中も段差がないように作られていて暮らしやすい。

なによりの利点は、同年代ばかりが住んでいるから、必要以上にご近所に気を遣わなくて済むところだ。話し相手にも事欠かない。同じように地方から越してきた独り暮らしの高齢者も多く、すぐに友達ができた。ときどき、住人なら誰でも参加できるイベントが催される。歩こう会やお花見、マンションの一階にあるホールに演歌歌手や旅一座が来ることもある。今日も、これからカラオケ大会が企画されていた。

もちろん、そんなサービスがある分、家賃は目が飛び出るくらい高い。でも、上の娘が婚活パーティで見つけてきたという十歳以上年上のお婿《むこ》さんは、どこかの病院のお医者様で稼ぎがいいらしい。このマンションの家賃のほとんどを娘夫婦が出してくれている。

お菓子コーナーの一番下の段に、私が店を始めたときから売っている駄菓子を見つけて、まとめてカゴにいれた。もし食べる気にならなかったら、カラオケ大会のときに、みんなに配ろう。

他の食料品を買っていると、子供と手を繋いだスーツ姿の若い女性とすれ違った。会社帰りに保育園に子供を迎えにいって、夕飯の買い物だろうか。

楽しそうな母子を見ていると、いつもの不安が込み上げてくる。

私は今、思いがけなく、想像していたよりもずっといい暮らしをしている。

店を閉めると決めたときも、あの苦楽が染みついた家で余生を送るつもりだった。微々たる年金をやりくりして、老いていく体と上手く付き合い、長年ずっと一緒に歳をとってきた友人たちとお互いの体の不調や孫からの便りのことを話しながら。

だから、この恵まれた暮らしに、分不相応な場所に来てしまったような後ろめたさがある。

一番の理由は、自信がないからだ。

ニュースで高齢化社会や社会福祉費の高騰という言葉を聞くたび、なんだか責められている気がする。年金暮らしをしているのは、この国や若い世代のお荷物と言われているようだ。

けれど、このマンションに住む他の人たちは違う。ここに至るまでに、この国を支えてきた自負がある。ちゃんと自分たちの手で蓄えてきた資産でこのマンションに入っている。豊かな老後を送ることは、自ら築き上げたもののうえにある正当な権利なのだと知っている。

お隣で仲良しの吉江《よしえ》さんは、現役時代は大学で教鞭《きょうべん》をとっていたという。俳句の会を開いている福山《ふくやま》さんご夫婦は、ずっと医薬品の会社で香りの研究をしていた。一つ上の階に住んでいる園子《そのこ》さんのご主人は商社マンで、彼女は世界中を飛び回るご主人を、ずっと支え続けてきたそうだ。

みんな、立派な仕事をして、この国の発展に貢献して、ここにいるのだ。

私は違う。誰の役にも立たず、この国の発展にも寄与せず、ただ田舎町の駄菓子屋の店先に、雨の日も風の日も座り続けていただけだ。それなのに、たまたま娘が婚活パーティで見つけてきたお婿さんが金持ちだったというだけの理由でここに住んでいる。そんなことが許されていいのだろうか。

駄菓子屋は好きだった。学校帰りに立ち寄って遊びまわる子供たちを見るのも楽しかった。けれど、村にコンビニエンスストアができてからは、子供たちは寄り付かなくなった。その程度の仕事だったのだ。

私は、誰の役にもたっていない。

この国に、なにも残していない。

そんな大それた悩みが、同じマンションの人たちといるとき、どうしようもない息苦しさを感じさせる。

一週間分の食材をカゴに入れて、レジに並ぶ。マンションの買い物を宅配してもらえるサービスは、なんだか申し訳なくて一度も使っていない。

この街にも、シャッターが閉まった店が並んでいる商店街がある。スーパーができる前は、さぞ賑わっていたことだろう。そこには、私と同じように居場所を追われた人がいるのだ。

けれども、やはりスーパーは便利だ。この街に引っ越してきてから、一度も商店街の個人経営の店に立ち寄ったことはない。そんな私が、コンビニエンスストアができた途端に来なくなった子供たちを、薄情だと責めることなどできない。

買い物カゴが一つ前にずれて、私の番になる。

いらっしゃいませ、と、アルバイトの娘さんが笑いかけてくれる。接客の程度は人それぞれだけれど、スーパーマーケットが個人店より愛想がないなんてことはない。それは、この街に来てすぐに気づかされた。

ピッピッ、と小気味よい音を立てながら、商品が精算済のカゴへ移されていく。懸命に働く彼女たちが鳴らす音を聞いていると、なんだか悲しくなってきた。

「お会計は、三千二百六十二円になります」

レジの娘さんが、親切そうな声で告げる。物思いにふけっていた心が、重りをぶら下げたまま現実に引き戻された。

「あ、はいはい。ちょっと待ってくださいね」

財布を開いて、千円札三枚を出す。それから、別で持ち歩いている小銭袋から、重たくなっていた小銭を拾う。

二百円と十円玉が五枚。そこまで出して、それ以上、小さいお金がないことに気づく。あとは五百円玉だ。せっかく、十円玉を減らせると思ったのに。

「もしよかったら、使ってください」

急に、後ろに並んでいた人が、にゅっと浅黒い腕を伸ばしてきた。レジのトレーの上に十二円を落とす。

びっくりして振り向くと、若い男の人が立っていた。

そこにいたのは、二十代後半くらいの青年だった。短めの黒髪に日に焼けた肌。笑った口元からは真っ白い歯が見えて、びっくりするほど爽やかな印象だった。けれど、服装は蛍光に近いピンク色のジャージ姿に青い大きなリュック。目がチカチカするような色合いが、第一印象を帳消しにする。

「十二円、これでぴったりですよね」

「……いいえ、結構です」

単なる厚意で言ってくれているのかもしれないが、知らない人にお金を出してもらうのは気持ちが悪かった。それに、なにか面倒なことに巻き込まれたら大変だ。都会は田舎と違って色々と気を付けないといけないというのは、娘たちからも強く言われていた。

でも、青年も引き下がらなかった。

「いえ、ここは出させてください。昔、約束したじゃないですか」

「約束？」

「川音町に住んでた、森久太郎です。覚えてませんか？」

「……あ」

思い出した瞬間、青年の笑顔に、幼い少年のふてくされたような表情が重なった。

もう十年以上前のことだ。駄菓子屋に他の子供たちがいなくなったあと、時間をずらしてやってくる男の子がいた。

あまりお小遣いは貰えないらしく、いつも店先でお菓子を物欲しげに見つめていた。父親の機嫌がよかったのか、たまに小銭を握りしめて来る日があったけれど、買うのはお菓子じゃなかった。杏子サイダーという地元の飲料水メーカーが出している変わった味のジュースが大好きだった。

私たちのやり取りを見ていたアルバイトの女の子は、彼の十二円を含めて精算する。

仕方なく、レシートを受けとってレジを通過した。

彼の買い物カゴには、値引きされた菓子パンが二つ入っているだけだった。北海道のマークがついたチーズ蒸しパンとあんドーナツ。まるで、子供のころと変わらないような食事だ。

品物を袋に詰めながら、彼のことを思い出す。

みんなとはあまり一緒に行動せず、いつも一人で野良犬のように徘徊《はいかい》していた。だけど、話しかけるとそっけない口調ながらも学校のことや好きなテレビ番組のことを話してくれた。家族のことだけは一度も口にしなかったけれど。

彼の家庭環境のことは、町に住む者ならだれもが知っていた。小さな町だ、噂《うわさ》はすぐに広まる。借金をつくり、奥さんに逃げられて帰ってきた父親。家からは子供を怒鳴る声が毎晩のように響いていて、月末になると借金取りがやってくる。

買い物袋に詰め終わるころ、彼はレジを済ませて近づいてきた。

　とりあえず、十二円をどうにか返そうと声をかけた。でも、彼は笑顔で「だって、約束ですから」と言って、頑《かたく》なに受け取ってくれない。

「約束って、なんだったかしら。ごめんなさい、まるで覚えてないの」

「子供のとき、ええと、小五の夏休みだったかな。親父のやつが珍しく機嫌よくて、小遣いをくれたんです。それで、杏子サイダーを買おうと思っておばちゃんの店にいったんだけど、ポケットから有り金を出したら五円足りなかった」

「……あぁ、だんだん思い出してきました」

　曇っていたガラスが晴れるように、記憶が蘇ってきた。

　あれは、ひどく暑い日だった。夏休みになって毎日のように来ていた子供たちも、さすがに家で大人しくしていた。そんなとき、彼が一人で、嬉しそうな顔で走ってきたのだ。

　杏子サイダーを買うといって、ポケットでジャラジャラと鳴っていたお金を私に手渡した。でも、ほんの少しだけ足りなかった。彼もすぐに気づいたらしく、表情を曇らせた。それを見ていると、さすがに不憫になってきた。

「あと五円足りないねぇ。まぁ、こんな暑い日に来てくれたから、特別におまけしてあげるよ」

そう言ったけど、「めぐんでもらうのは嫌だ。足りないならいらない」と、子供らしくない律儀さで、頑として受け取ろうとしなかったのを覚えている。

でも肝心の、約束、というのがいったいなんだったのか思い出せない。

彼は白い歯を見せて、爽やかな笑みを浮かべた。

「おばちゃん、そのときにこう言ったんですよ。おまけしてもらうのが嫌なら、貸しにしてあげるって。私がいつか、小銭が足りなくて困っているときに、返してちょうだいって」

「……そうだったかしら。あぁ、そういえば、そんなことあったわね」

水をかけると浮き出てくる隠し絵のように、その言葉がまた一つ、記憶を蘇らせてくれる。やっと杏子サイダーを受け取ってくれて、とても美味しそうに飲んで帰っていった少年の後ろ姿。貸し借りであれば、彼のプライドも許したらしい。

「さっき、おばちゃんがレジで困ってるのをたまたま見かけて、あの約束がふっと浮かんできたんですよ。約束を守るなら今しかないって」

「それなら、この十二円は貰っておくことにしましょうか。ありがとうね」

スーパーを出ると、冷たい風が待ち構えていたように正面から吹きつけてきた。けれど、不思議と来る時ほど寒さは感じない。彼も帰る方向は同じだったらしく、しばらく並んで歩く。

オレンジに染まりかけた空には、千切れ雲が浮かんでいた。傾いた太陽が、電柱の影を長く引き伸ばしている。田舎でも都会でも、空の色だけは変わらない。

「おばちゃん、全然変わらないですね。一目でわかりましたよ」

と、彼は横で笑っている。

全然変わらないわけなんてない。私は子供たちから、駄菓子屋のおばちゃん、あるいは単に、おばちゃん、と呼ばれていた。あれから十数年経って、今ではすっかりお婆ちゃんだ。けれど彼は、今も、おばちゃんと呼んでくれる。そのことが、なんだかくすぐったかった。

いきなり声を掛けられたときは、怖いと思った。相手が駄菓子屋によく来ていた子供だとわかっても、それ以来会っていなかったのだから不安だった。けれど、話しているうちに、そんな気持ちはなくなっていた。

きっと、彼の人となりのせいもあるのだろう。言葉遣いは丁寧になったし、落ち着いて話をするようになった。でも、真っ直ぐな瞳は驚くほど同じだ。

「それにしても、どうして、この街にいるの？」

「たまたま用事があって来てたんです。それで、小腹がすいたなってスーパーに寄ったら、おばちゃんを見つけた。すごい偶然ですね。あ、途中まで持ちましょうか?」私の返事も待たず、さりげなく買い物袋を受け取る。こんな気配りもできるようになったのか。

「今は、なにをしてるの?」

「ただのフリーターです。あちこちを、転々としながら暮らしてます」

ちょっと言いにくそうだった。なんだか、それ以上は聞いて欲しくなさそうな気がしたので質問を変える。

「そういえば、他のみんなはどうしてるのかしらね?」

駄菓子屋に集まっていた子供たちの中で、彼と同世代の子の名前を思い出す。

「あぁ、そうだ、ツネくんとか。あなたたちのリーダーでしたよね」

「別に、リーダーじゃないです。あいつは、ただ偉そうにしてただけですよ」

「そんなこと言って。低学年の子が他所の学校の子にイジめられたりしたら、普段はいがみ合ってるのに、急に力合わせてたじゃない」

「懐かしいですね。実は、何年か前に、東京でばったり会ったんですよ」

「あら、それはすごい。あなたって偶然が多いのね。元気にしてましたか?」

「そりゃもう。子供のころ、あいつ警察官になりたいって言ってたじゃないですか。

で、それを聞いたとき、お前はぜったい制服似合わないから、もしなれたら冷やかしに行ってやるって笑ってたんです。そしたら、ちゃんとなっててびっくりしました」

「へぇ。あの子、本当に警察官になったんですね」

「小学校のとき、喧嘩するたびに俺が勝ってたんですけど、今じゃもう勝てないな」

その言葉に、また一つ思い出が浮かび上がってくる。

「そう言えば、ツネくん、あなたが町からいなくなってから駄菓子屋に来て言ってましたよ。大人になってあなたと再会したとき、もし警察官になってなかったら馬鹿にされるって。制服が似合わないって笑われるのはいいけど、なれなかったのかって笑われるのだけは嫌だって」

「そんなこと言ってたんですか。じゃあ、あいつが警察官になったの、俺のおかげでもあるんですね」

彼はそう言って、子供のころに戻ったように無邪気に笑う。

「あいつと再会したとき、もう一つ約束したんです。もし俺が、なにか大事件に巻き込まれたら助けてくれって。俺のおかげで警察官になったんなら、ちゃんと恩返ししてもらわないとですね」

放浪中のフリーターがどんな大事件に巻き込まれるんです、とついつい笑ってしまう。けれど、彼の視線は真剣だったので、別のことを尋ねた。

「あなた、色んな人と約束するのね」

「それは、たぶん、違うと思います。きっと、みんな、本当は人生の中で色んな約束をしているんです。でも、それを本気にしなかったり忘れてしまったりするだけです。俺はただ、みんなよりちょっとだけ、約束を覚えているだけですよ」

彼にはそんなつもりはないのだろう。けれど、少しだけ自分が責められているような気がした。私は、彼と交わしたささやかな約束をすっかり忘れていたのだ。

いや、きっと、それだけじゃない。

約束。その言葉を真剣に胸に浮かべたのは、ずいぶん久しぶりだった。

私はこれまでに、どれだけの約束をしてきたのだろう。そして、どれだけの約束を忘れてきたのだろう。死んだ主人とのあいだに、大人になった娘たちとのあいだに、川音町で一緒に育ってきた友とのあいだに、守れなかった約束がどれだけあったのだろう。

「キュウ太のことは覚えていますか？」

彼がまた懐かしい名前を口にした。その言葉に、私の心は目の前の青年に引き戻される。

キュウ太くんは、ツネくんの弟分でいつも一緒に行動していた男の子だった。駄菓子屋ではよく車や電車の乗り物のおまけがついたお菓子を嬉しそうに眺めていた。

「ツネに会った時、聞いたんです。あいつ、夢がかなって、電車の運転士をしてるって。路線は忘れましたけど、毎日、横浜の地下鉄を運転してるそうです」

「それは、すごいわねぇ。じゃあ、キヨちゃんは？　あの狐目のツンとした女の子にも会ったの？」

「実は、キュウ太の奥さんがキヨちゃんなんです。子供も二人いるそうです」

「えぇ！　あらあら」

なんだか、あのときの子供たちがみんな立派になって、社会の役に立ったり、家庭をもったりしている。ときどき、子供たちのことを思い出すことはある。でも、彼らがどんな大人になったかを想像したことはなかった。私も、歳をとるわけだ。

他にも、数人の子供たちが今どうしているのか教えてくれた。チョコバットが好きだった一学年上のミヨちゃんはパティシエになってケーキ屋さんの店長、上級生によく泣かされては駄菓子屋に逃げ込んできた純太郎《じゅんたろう》くんは小学校の先生になったらしい。

「みんなと、たまたまばったり再会することがあって、それで、色々話を聞くんです」

彼の周りには、たまたまが頻繁に起きるらしい。みんな生まれ故郷を離れて暮らしているのに、そんな偶然があるだろうか。

でも、深くは聞かないことにする。きっと、なにか事情があるのだろう。

「そういえば、あの子は元気かしら？　一度、夏休みのあいだだけ遊びに来ていた子がいたでしょう？　あなたと、いつも一緒にいた女の子」

目の前の青年との思い出の中で一番印象に残っているのは、あの女の子が川音町に来ていた日々だった。ずっと野良犬のように一人で徘徊していた少年が、急にパートナーを見つけた。その夏の少年は、乾いていた大地が水を吸うように、生き生きとしていたのを覚えている。

あの子が帰る前日の夜、彼は一人で駄菓子屋に来た。いつもは、こちらから声をかけないと寄ってくることはない。でも、その日だけは、店に来るなり私に話しかけてきた。「どうしよう、あいつがいなくなるのが嫌だ」そう言って、泣いた。学校のみんなから除《の》け者《もの》にされても、家で父親に暴力を振るわれても気丈に振舞っていた少年は、初めて大人の前で涙を見せた。

夏休みのあいだ、彼を見ていて、とっくにわかっていた。

ずっと孤独だった少年は、友達ができて本当に嬉しそうだった。でも、それだけじゃない。

恋を、していたのだ。

自分では気づいていなかったかもしれない。でも、心の深い部分で強く惹かれていたのは傍目にもわかった。けれど、二人はまだどうしようもないくらい子供で、なにかを選ぶことができないくらい幼かった。

大人になった今の彼は、あの日の自分の気持ちがちゃんとわかっているのだろう。初恋の思い出を持ち出されて、少し照れくさそうな顔をした。それから、真っ白い歯を見せて笑い、自分のことのように嬉しそうに教えてくれた。

「あいつは、今も、夢に向かってがんばってますよ」

もしかしたら、彼女とも、どこかでたまたま再会できたのかもしれない。

けれど、それを聞くのは野暮な気がした。あの日、泣いていた少年が、いま目の前で笑っている。それだけで十分だ。それだけで、素敵な初恋だったのだ。

次の曲がり角に差しかかったとき「あ、俺、こっちなので」と言って、彼は立ち止まった。買い物袋を受け取りながら、笑いかける。

「しばらく、この街にいるのかしら？」

「いえ、すぐに離れます。あの、これからもお元気で」

「そう、残念ね。あなたも、元気でね」

彼は笑みを浮かべてから、大きな背を向けて立ち去ろうとする。でも、すぐに思い直したように、勢いよく振り向いた。

「……やっぱり、最後に、みんなを代表して言ってもいいですか。フリーターの俺なんかが言うのも、アレですけど」

「あら、なんです、改まって」

「今まで、ありがとうございました！」

いきなり、過剰な接客をやってる電器屋さんのように、勢いよく頭を下げた。こんな風に誰かにお礼を言われたのなんて、これまでの人生にあっただろうか。

「いったい、どうしたの？」

「みんなと会うたび、おばちゃんの話が出るんです。あの駄菓子屋でみんなで集まったり、おばちゃんに悩みや愚痴を聞いてもらったりしたのが、すごく思い出になってるって。俺たちにとって、あなたの店は特別な場所で、特別な時間でした」

彼の言葉は、真っ直ぐ胸に響いた。

私なんかに、もったいない言葉だった。

「ツネは、中学のときにおばちゃんに叱られなかったら不良になってたかもって言ってたし、キュウ太もおばちゃんの店のおまけで夢を見つけたって言ってた。純太郎なんか、おばちゃんの店があったから生きてこれた、なんて言って泣いてた。みんな、おばちゃんに助けられて大きくなったんです。俺たちがこうしているのは、おばちゃんのおかげなんです。きっと、俺の知らない世代の子たちも、あの町で子供時代をすごしたみんなが、同じ気持ちだと思います」

彼が名前を挙げるたび、みんなの顔が浮かんでくる。これまで、私の店を通り過ぎて行った子供たちの顔が浮かんでくる。

「それから、俺も……あの夜、俺がおばちゃんの前で泣いたとき、なんて言ってくれたか覚えてますか？」

あの夏の夜のことはよく覚えている。でも、泣いている彼にどんな言葉をかけたのかは思い出せなかった。

彼は、懐かしそうな顔をしながら教えてくれる。

「別れる前に、なんでもいいから約束をしなさい。そうすればいつまでも繋がっていられるから……おばちゃんが教えてくれた言葉に、俺、すごく救われたんです」

「そんなこと、言ったかしら」

「おばちゃんには何気ないことだったのかもしれない。忘れちゃうくらい当たり前のことだったのかもしれない。でも、俺たちは、おばちゃんから色んなものをもらいました。本当に、ありがとうございました」

彼はもう一度、頭を下げる。

その後ろに、川音町から巣立っていった子供たちが並んで立っているのが見えた気がした。

子供たちは、ほんの一瞬だけ、その姿を大人に変える。

会ったことないはずなのに、大人になった彼らの幻が、私に微笑みかけている。

幻はゆっくりと消えた。住宅街の整備された通りの向こうで、沈みかけの夕日が輝いていた。

「じゃあ、もういきますね。これからもお元気で」

そう言って笑う彼の口元には、真っ白い歯が光っていた。

彼が角を曲がった直後、地面が微かに揺れた。どこか遠くで地震が起きたのだろうか。これくらいでは驚かないほど弱い揺れだけれど、少しだけ不安になる。

ふと気になって、角を曲がったばかりの彼に視線を向ける。そこにはもう、大きな背中はなかった。

揺れはすぐに収まった。街は何事もなかったように静かだ。

改めて一人になった途端、なんだか、急に笑いが込み上げてきた。

こんなところで、駄菓子屋に来ていた子供に会えるとは思わなかった。その奇跡のような偶然に今さら気づいて、可笑《おか》しくなる。

見上げる空は、すっかり橙色《だいだいいろ》に染まっていた。

夜の予定を思い出して、いつもより少し早足で家路を歩きはじめる。

ふと、頭に浮かんできた。

私が、あの駄菓子屋に座り続けていた日々は、無駄じゃなかったのだ。

社会の役に立たなくても、コンビニエンスストアにあっさり取って代わられるような仕事だったとしても、私の駄菓子屋でひと時をすごしてくれた子供たちが、こんなにも立派になって日本中に巣立っている。その手助けができただけで、十分すぎるものを残せたんじゃないか。私は、果報ものだ。

胸に重りのようにぶら下がっていた後ろめたさが、いつの間にか消えていた。抱えきれないほどの花束を貰ったように温かい気持ちでいっぱいだった。

自分の人生を認めることができた。やっと、この街での暮らしを始められる気がする。マンションの他の人たちとも、なんのわだかまりもない本当の友達になれそうだ。胸を張って、これからの人生を歩いていこう。

今日のカラオケ大会で歌う予定の歌謡曲を口ずさみながら坂道を下る。夕焼けが私の街をいつもより赤く染めていた。

途切れた約束

吉祥寺は、海鮮丼のような街だ。

買いたいものや見たい映画はなんでもこの街で見つかる。井の頭公園で緑を眺めながら役作りをするのもいい気分転換になるし、一人で演技の練習ができるカラオケもたくさんある。下北沢から井の頭線一本でいけるのも便利で素敵だ。もちろん、誰かと一緒に遊ぶときだって、カフェも居酒屋も迷うほどたくさんある。

どれか一つを選ぶわけじゃない。私の欲しいものが全部、これでもかというほど敷き詰められたカラフルな海鮮丼。何年も連続で、住みたい街ランキング上位に選ばれるのも納得だ。

日曜日に初めて、久太郎と一緒に外出した。『吉祥寺オデヲン』で話題になっていたハリウッド映画を見て、サンロード商店街をぶらぶらしながら感想を言い合う。それから、お腹が空いたと七井橋通りのお洒落な雰囲気のカフェに入って遅めのランチを食べた。典型的な付き合いたての恋人たちのデートコースじゃないか。

映画はアメリカの南北戦争を背景にした、理想の時代を追い求める名もなき若者たちの話で、オーディションで選ばれたという若手俳優たちの演技が光る名作だった。映像も美しく、特に最初の戦闘で、音楽も声もないシーンが五分ほど続くのは圧巻だった。

ランチを食べながら、これまで好きだった映画や、最近注目している監督のことを喋った。こんな話をしてもわからないか、と思ったけど、意外にも久太郎は私の話についてきた。そして、彼なりの意見を返してくれた。

少年だった彼は、映画どころか、流行っているドラマの一つも知らなかった。それが、いつの間に、こんなに詳しくなったんだろう。

おかげで、すごくテンションが上がった。さすがに、演劇仲間と話しているのと同じくらい、とはいかないけれど、知識がある素人ならではの見方にはなんども唸《うな》らされた。

「田舎町を駆け回ることしか知らなかった野生児が、いつの間に映画に詳しくなったのよ」

驚いてそう言うと、ピアノの鍵盤のように白い歯を見せて笑う。

「いつか、また会えたら自慢してやろうと思って勉強してたら、はまったんだ。俺、けっこう映画、好きみたいだ」

そう言われて、ちょっと感動してしまった。

別に、野生児が文明開化していたからじゃない。久太郎の心の隅っこにずっと私がいたってことが嬉しかった。

部屋の本棚に飾っていた杏子サイダーの瓶。あの夏の日の思い出を大事にしているのは、私からの一方通行なんだと思っていたのに。

「また、会えてよかった」

思わずそう言うと、久太郎は「俺もだ、すげえよな」と言って、丸めた人差し指で照れくさそうに首をかいた。

久太郎とクラシックなSF映画のような再会をしてから一週間が経っていた。

私と久太郎は、あの夜から、途切れることなく約束を繋いでいる。久太郎に先約があって来れなかったり、私に仕事があって会えない日があったりしたけど、それ以外は一緒に晩ご飯を食べている。

久太郎は何日も私の部屋に泊まっているけど、結局、まだ童貞のままだ。

寝るときは、私のベッドから離れた場所に、自前の寝袋で転がっている。

理由は、彼自身が拒絶したからだ。それは、再会して三日目の夜、晩ご飯を一緒に食べる約束を繋いでいこうと指切りした後のことだった。


大好評だったもやし鍋を綺麗に食べてから、久太郎は真剣な表情で告げた。

「やっぱ、色々考えたんだけどさ。せっかく、こうして再会できたんだ。昨日の続きは、もうちょっと、お互いのことを知ってからにしよう」

なんと。童貞の台詞とは思えない。

前日、ご飯を食べ終わったらセックスをしよう、という雰囲気の中で消えてしまった。だから、その夜、彼を待っている間はすごく緊張していた。可愛らしい下着を選び、シャワーを長めに浴び、ベッドシーツを新しくした。それなのに、なに言ってんだこいつ。

でも、久太郎が来る前に、南部さんからドラマ出演のオファーをもらって、私にとっての最重要事項は目の前にやってきたチャンスに上書きされていたので、その提案を冷静に聞くことができた。

「別にいいけど……なんで、急にそんなこと言い出したの？」

「今日さ、懐かしい人に会ったんだ。小さいころ、すごくお世話になった人。川音町に駄菓子屋があったの、覚えてないかな？」

「あ、覚えてる。駄菓子屋のおばちゃん、色々おまけしてくれた」

「そう。その人に再会してさ、話してて思ったんだ。お前とこうして再会できたこと、もっと大切にしなきゃいけないなって」

きっと、おばちゃんとも約束していたんだろう。久太郎の笑みは、子供のころのピュアな心が戻ってきたような優しさに満ちていた。

「大切にする、か」

シンプルな言葉。でも、はっきりと誰かにそう言われたのは、いつ以来だろう。胸の中に、キャンドルのようなぼんやりとした火が灯る。

それにしても、と、思わず笑ってしまう。久太郎の中では、誰かを大切にするってことは、すぐにセックスをしないってことらしい。馬鹿にするつもりはないけど、なんだか、中学生みたいだ。私たち、もう二十八歳なのに。

「なんだよ。そんなにおかしいかよ」

「ううん。ごめんごめん、本当に変わってないんだなって思って」

「俺だって、色々考えたんだよ。俺は、いつどこに飛ばされるかわからない。もう少し一緒にいたら、お前はうんざりするかもしれない。俺のことがうっとうしくなるかもしれない。そうじゃないって確認できてからでも、遅くないって思ったんだよ」

言いながら、拗《す》ねたように顔を背ける。その仕草が可愛くて、また笑ってしまう。

私たちは、いい大人だ。同級生は結婚してたり、子供ができてたり、会社でそこそこ仕事を任せられるポジションになってたりする。少なくとも、今さら心が通じ合ったと感じた異性を前にして、出会って間もないから、をセックスしない理由にするような悠長さは手放していいはずだ。

でも、だんだん、久太郎の提案が楽しくなってきた。

歳だけはいい大人だけど、私たちは他の同級生とは違う。色んなものを犠牲にしてきたはずなのに、なにも成し遂げられないまま、大人になってしまった。

なんだか、ずっと昔に背を向けたものに恥ずかしげもなく手を伸ばしたら、うっかり手が届いてしまったような感覚。あえて恥ずかしい言葉で言えば、青春を取り戻そうとしてるみたいな感じだ。

「だからさ、とりあえず今日は、これだけ」

久太郎は拗ねた顔のまま大股で歩み寄ってきて、屈伸運動でもするような大雑把さで身をかがめて、キスをした。

なっ、なにぃぃい！

不意打ちだった。キスをされた、そのことに気づいたのは唇が触れ合ってからだった。そのせいで目は思いっきり開いていたし、口は半開きだった。

久しぶりのキスは、夏の日差しのように熱くて、少しだけサイダーのようにシュワシュワと唇の上で弾ける感じがした。

長い数秒がすぎて、久太郎が唇を離す。

その熱の塊が離れていくのを、他人事のように感じていた。日射病になりかけのように頬が熱い、頭がぼんやりする。きっと、顔は真っ赤になってるだろう。

久太郎は体を離してから、大きな手のひらで私の肩をつかむ。

そして、真っ白い歯を見せて、告げた。

「俺と、付き合ってくれないか」

すべてにおいて、順番があべこべだ。

それを言うならキスする前だろうし、肩をつかむのもキスする前が私的にはベストだ。再会して間もないからセックスは駄目だっていったのに、今のはいいのかよ。

そんな不満を浮かべるけど、さっきのキスで口の中の水分を全部もっていかれたみたいに、思うように口が開かない。

勝手に、付き合う、とかいう感覚はないやつだと思っていた。だから、予想も期待もしてなかった。でも、言われて圧倒的に思い知らされた。これ、私がずっと待ってた言葉だ。気づいてしまえば、素直に頷くことしかできなかった。

それを見た久太郎は「うっわ、すっげぇ緊張した」と、いきなり表情を崩して騒ぎだし、せっかくの雰囲気を台無しにした。

ランチの後、井の頭公園を散歩する。

七井橋通りを抜けた先にある石段を下りて、公園に足を踏み入れる。見えないカーテンをくぐったように、木々の匂いが漂ってきた。井の頭公園、と多くの人が呼ぶけれど、正式には井の頭恩賜公園という。井の頭池をぐるりと囲むように自然が残されていて、都会に暮らすたくさんの人が緑を求めて訪れる。この街のシンボルの一つだ。

池の周りをランニングしている人、ギターを弾いているおじさん、仲良く手を繋いでいるカップルたち。誰もがアスファルトの上にいるときよりも、少しだけ伸びやかな気がする。

いい天気だけど風はまだ冷たくて、遮るものがない場所にでるとかなり寒い。そのせいか、いつもは池にたくさん浮かんでいるボートも、片手で数えられるほどしか見えなかった。

「なんかいいね、こういうの」

久太郎と一緒に、池を囲む遊歩道を歩く。季節は違うけど、川音町の自然の中ですごした日々を思い出す。

葉を落とした冬の木々は、ぎゅっと身を縮めて春を待っているようだった。足元には、秋のあいだに積もった落ち葉が、色褪せながら公園の一部になろうとしている。

「綺麗な公園だな。今度、絵、描きに来ようかな」

池の真ん中にかかっている七井橋を渡りながら、彼が何気なく呟く。

「久太郎、まだ描いてるの？」

「あぁ、たまにな。旅先で綺麗な景色に会ったときとか。高校の時は、美術部だったんだぜ」

「美術部かぁ。ちょっと意外」

子供のころ、久太郎が描く絵が好きだったのは覚えている。ただ、クラブ活動なんて集まりに参加していたことが意外だった。

「もし、俺がいつか約束を守る体質じゃなくなったら、なんでもいい、絵に関わる仕事につきたいって思ってるんだ。画家になる才能なんてないけどさ。たとえば、美術館のスタッフとか画廊のオーナーの手伝いとか。名画を守る警備員とかでもいいかな」

「それが、久太郎の夢なんだ。うん、いいね」

答えながら、つい考えてしまう。そのとき、私は彼の傍にいるのかな。

「ねぇ、約束を守る体質が治ることなんて、あるの？」

「さあ、どうだろうな。そんなことがあったらってだけだよ」

「そっか。あ、絵、見せてよ。今までに描いたやつ」

「後でな。スケッチはぜんぶ、あのバックパックの中なんだ」

今日の夜は、一緒に晩ご飯を食べる約束をしている。もし久太郎が別の約束でどこかに飛ばされても、夜にはまた再会できる。だから、いつも身近に置いてあるバックパックは私の部屋に置きっぱなしだ。

そこで、子供のころ、久太郎から絵を送ってもらう約束をしていたのを思い出す。

川音町を離れるときだった。神社の石段に座って、ささやかな未来のことを話し合った。

「いいこと考えた。私からの手紙が届いたら、絵、描いて送り返して。秋や冬や春の、この町の景色も見てみたい」

「この町の絵、か」

「他の場所でもいい、久太郎が好きな景色ならどこでもいい」

「わかった。お気に入りの場所を見つけて、描いて届ける」

札幌に引っ越してから、手紙は全部で三通出した。でも、返事は返ってこなかった。学校帰りにポストを覗いて、その度にがっかりしたことを思い出す。あのやり取りは、約束にはカウントされてなかったらしい。

少しだけ、茶化すような口調で聞いてみた。

「そういえばさ、子供のとき、なんで手紙、返してくれなかったの？　久太郎の絵が届くの、楽しみにしてたのに」

「あぁ、あれな。実は、受け取れなかったんだ。手違いがあってさ……お前がいなくなって、俺もすぐに町を出たから」

手紙を読んだら返事を出す、という約束だった。そうか、手紙を受け取ってなかったから、そもそも約束として成立してなかったってことか。

「届いてなかったのかぁ。よかった。あれ、ちょっと恥ずかしいこと書いちゃってたから……見てないのか、よかった」

「……なんて、書いてたんだ？」

「教えるわけないでしょ」

からかうように笑う。久太郎が、いいだろ、教えろよ、と拗ねたように繰り返すので、誰が教えるか、と逃げるように走って七井橋を渡り切る。

橋を過ぎると、ボート乗り場が待ち構えていた。池にはたくさんのボートが係留《けいりゅう》され、淡い緑色の水面の上で出番を待っている。

「なぁ、ボート、乗らないか？」

振り向くと、少年のように目を輝かせていた。橋を渡っている間、ずっと気になってたんだろう。

「知らないの？　井の頭公園のボートに乗った恋人は別れるっていうジンクスがあるんだって」

「そんな誰が言い出したかもわからない噂、信じるなよ。それなら、約束しよう。このボートに乗っても、別れたりしない。誰が言い出したかもわからない噂より信じられるだろう？」

その言葉に、新人女優に寝取られた元彼のことが浮かんでくる。彼も、私のことを一生大切にする、なんて白々しく口にしていたっけ。

「守れるかどうかわからない約束なんて、しないでよ」

「なにいってんだ。守れるかどうかわからないから、約束するんだろう」

思わず、眉を顰《ひそ》める。約束はすべて守る、って言ったのは自分なのに。

「俺が言いたいのは、絶対に守れる約束ばかりじゃ面白くないってことだよ。守れるか守れないかわからないギリギリくらいの約束をするのだって、大切だと思うんだ」

「約束して守れなかったら、ただの嘘でしょ？」

「そうかもしれない。約束破りってのと嘘つきっていうのは、同じかもしれない。でもさ、約束っていうのは、努力目標になる時もあると思うんだ。ぜったいに約束を守ってやるって、頑張ることに意味があるんだよ」

小学生のころ、誕生日のたびにお父さんと「早く帰ってきてね」と約束したのを思い出す。結局、早く帰ってきたことは一度もなかったけど。でも、申し訳なさそうに帰宅するお父さんを見るたびに嬉しくなった。

「努力目標か……たしかに、そうかもね」

頭の中に、これまで見てきたドラマの台詞がいくつか浮かぶ。お前を甲子園に連れていく、あなたを絶対に幸せにする、なんの確証もない自分を鼓舞するような約束。たしかに、そのすべてを嘘つきとは呼びたくない。

「よし、じゃあ約束してね。一緒にボートに乗っても、別れたりしないって」

背後で、シャッターの閉まる音が聞こえた。振り向くと、ちょうど、ボート乗り場のスタッフの人が、入口の前に営業終了の看板を出しているところだった。

「あ……残念」

冬場は貸しボートの営業時間は短くなる。気がつくと、日はいつの間にか傾き、夕暮れに足を踏み入れていた。思わず顔を見合わせる。

「じゃあ、次に二人で一緒に、この公園に来たときにボートに乗ろう。約束だ」

「うん、約束っ」

それからしばらく、私たちは声を上げて笑い合った。

下北沢に戻り、『餃子の王将』で夕食を食べる。

駅を出て南口商店街を真っ直ぐ下ると、蜘蛛《くも》の巣の中心みたいに、たくさんの通りが集まる場所がある。その真ん中にある中華料理のチェーン店は、下北沢に引っ越してきたときからずっとお世話になっているお店だった。

安くて遅くまでやっていて美味しい、下北の王将はいつだって夢見る若者たちの味方だ。

餃子を食べながら、久太郎は今までに守ってきた約束のことを話してくれた。

中学校の友達と卒業式に交わした約束のせいで、呼ばれてもいない結婚式会場に私服でテレポートして恥ずかしい思いをしたこと。近くに住んでいた子供にテストで百点とったらチョコレートをあげるっていう約束をしたせいで、高校生になった彼にチョコレートを渡しにいって怖がられたこと。約束にまつわる苦労話を、笑い話に変えて教えてくれる。

「そういえばさ、その体質になるきっかけになった、特別な約束ってなんだったの?」

それは、再会したばかりのときに教えてくれた話だった。高校生の時に事故に巻き込まれて昏睡状態になった。その時に、たった一つの大切な約束を思い出して、それをどうしても守りたいって念じてたら目が覚めた。それが、約束を守る体質になったきっかけだった。

昔話のついでに、彼にとって大切な部分に触れてみる。

彼の運命を変えた約束。それは、いったい誰との、どんな約束だったんだろう。

久太郎は迷うように視線を落とす。賑わうお店の喧噪が、ほんの一瞬だけ、私たちの会話の中に割り込んでくる。

「……ちょっと恥ずかしい話なんだけど、親父との約束なんだ。ロクデナシだったって話はしたよな。俺さ、川音町から夜逃げしてすぐ、親父の知り合いの人の家に預けられたんだ。で、あいつはどこかに消えた。それ以来、会ってない」

「そっか。大変だったんだ」

久太郎のお父さんのことは、何度か聞いたことがあった。控えめにいって困った人だったらしい。川音町で久太郎が孤立していたのも家庭環境が原因だった。きっと、預けられた先でも苦労したんだろう。

「別れ際に、約束したんだ。どんなことがあっても探し出してみせるって。それで、ふざけんなって言ってやるって。あいつ、できるならやってみろ、って馬鹿にしたように笑ってたよ」

「なにそれ、子供みたい」

「子供だったんだよ。まだ。小六だぞ」

「そっか。そうだった」

「でもさ……子供のときのくだらない約束でも、親父がどんなにロクデナシでも、たった一人の家族だ。だから、この約束を守ってやりたいって思ったんだ。この約束を守ることができれば、少なくとも、もう一度、親父に会えるだろ」

その話を聞いて、自分が幸せ者だってことを実感する。

東京に出て来てから、色んな苦労をしてきた。でも、それまで両親は大切に育ててくれたし、今も川音町で暮らしているお祖母ちゃんのことも大好きだ。私は、色んな大切な人たちに守られて大きくなった。

だけど、少しだけ久太郎を羨《うらや》む気持ちもある。大変な生い立ちや、帰る場所がどこにもないこと。たった一人の家族との繋がりが今の約束だけ。女優として成功をつかめないのは、そういった人とは違った部分やハングリーな部分が足りないせいなんじゃないかと思うこともあった。もちろん、口に出しては言えないけど。

「お父さんとの再会の約束か。それ、守れるといいね」

「守れるに決まってるだろ。俺は絶対に約束を破らないんだ」

そう言って、どこか寂しそうな目をして笑う。なんとなく気恥ずかしくなってメニューに手を伸ばし、やっぱりビール飲もうかな、と呟いた。

今日、これから部屋に帰っても、久太郎はきっと、いつも通り私に手も触れず寝袋で寝るだろう。いっそ酔っぱらったふりして押し倒してやろうか、という気持ちをぐっと我慢する。

やっぱり、お互いが納得してからじゃないと、駄目だ。

私たちの時間は、始まったばかりなんだ。ストップモーションで撮られたクレイアニメのように、ワンシーンずつを大切に作っていこう。

確信があった。きっとこれは、私の人生で、一番の恋になる。

＊

奈津子に呼び出されたとき、マズい、と思った。

きっと、上手くいかないことがあったんだろう。電話口の声で、それがわかった。

話を聞くのは大歓迎だ。お互いさまだし、奈津子の愚痴はユーモアに富んでいて面白い。カウンターで飲んでいたら、周りの人たちも一緒になって聞き入っていたことが何度もある。

マズい、と思ったのは、今の私には、彼女と同じ熱量の愚痴を言うことができないからだ。

ドラマの役作りは順調だ。来週から始まる撮影が楽しみで仕方ない。

そして、久太郎との関係も上手くいっている。

出会ってから一週間と少し。今日は先約があるらしく久太郎とは会えないけど、ほとんど毎日、一緒に晩ご飯を食べている。同棲中といってもいいかもしれない。それは、これまでの私の人生にはなかった幸せな時間だった。深酒したら、うっかりノロケてしまいそうだ。

でも、数少ない同志のヘルプを無視するわけにはいかない。

下北沢の駅から商店街を通り抜け、茶沢通りに出る。『ザ・スズナリ』劇場の近くに、私たちが行きつけにしている居酒屋があった。

店の前、今月の限定メニューが書かれた黒板を横目に中に入ると、すでにカウンターの隅っこで奈津子が項垂《うなだ》れていた。

店員さんにビールを頼んで、隣に座る。

「どした。今度はなにがあったー」

頭の中で、どんな悲惨なエピソードが来ても打ち返せるようにバットを構えながら話しかける。でも、奈津子は、勢いよく笑顔で振り向いた。

「でー。別に、落ち込んでないよ」

「うわ。なにそれ。新しいやつ」

すっかり騙《だま》された。さすが役者。私もだけど。

ほっとした。これで、深酒してノロケても大丈夫だ。

「それで、どうしたの？」

「アオが出演決まってたドラマ、私も出ることになったの！　なんか、アオが死ぬ第三話で、漫才コンビの『フランスパン』の太ってる方、ロケで怪我してキャンセルになったんだって。で、同じ太めの私に仕事が回ってきたわけ」

「たしかに、キャラそっくりだ」

「なんか、改めてそう言われると微妙……でも、これで私も、南部ファミリーの一員！」

「ん？　ちょっと待って！　それ、犯人役じゃん！　私、あんたに殺されるの!?」

「まぁ、そういうことになるね。できるだけ痛くないように殺してあげるから」

「そんな優しさはいらんっ」

「でも、これで、一緒のドラマに出るって約束、とりあえず叶ったね」

「……あ、ほんとだ」

なにげなく交わしていた「今年中に一緒のドラマに出よう」という約束。意外にも、あっさり守れてしまった。すっかり仕舞い込んで忘れていた写真を見つけたような気持ちになる。約束っていうのは、願いを残しておけるアルバムなのかもしれない。

すっかり楽しいお酒になって、お互いに夢みたいな話をして盛り上がった。

南部さんに気に入られて『さすらいの七人探偵シリーズ』のまだ出てきてない七人目に抜擢されたらどうしようと奈津子がいい、大トリの七人目が太めの女探偵ってどんなコメディだと私が笑う。ついに主演の石野咲子《いしのさきこ》さんの噂になっているスペシャル差し入れ弁当が食べられると騒ぎ、アイドル出身の女優の中で実力があるのは誰かと上から目線で勝手に評価しあった。

「あ、そうそう。伊藤カロって役者には気を付けた方がいいよー。本人も今イチぱっとしない役ばっかだけど、あんたみたいな、もっとぱっとしてない女優さんを食べ散らかしてるらしい」

「伊藤カロって、あのモヒカンで歌手だった」

「そうそう！　華麗なる役者転身とかいって騒がれたけど、大根でしたー。残念ー」

「大丈夫、私、ぜったい引っかからないって」

「あれ……すごい自信。これは、例の幼馴染とうまくいってるな。同棲でもはじめたか」

「まぁね」

「じゃあ、毎晩、お盛んなわけだ」

「それは……まだなんだけど」

「なんでだよ！　同棲してるのに童貞ってどんな聖人だよ！」

お酒がすすみ、私は色んなところでボロを出し、しっかりノロケていた。

もう五回以上おかわりした気がするハイボールの縁をくるくる指で触りながら、素面《しらふ》ならとても口にできない古いドラマのような言葉を、照れも躊躇《ためら》いもなく垂れ流す。

「大切なものですか？　と聞かれたら、大切なものだよ、と答える。だけど、実際にすべてを大切にしてる人は少ない」

でも、そこは奈津子も同じ酔っ払い。私の言葉遊びに、がはは、と豪快に笑いながら付き合ってくれる。

「都合のいいときには、さも重要なことのように振りかざされる。都合の悪いときには、そんなもの知らないとそっけなく扱われる。大切なもののはずなのに、蔑ろにされ、軽くみられ、そして、破られる」

「なに、いきなり面白いこと言い出してんの！」

「いつだって忘れられがちな、人と人との会話のなかで生まれる、小さな決めごと。それを私たちは、約束、と呼ぶの」

子供のころに交わした約束は、ずっと私を支えてくれた。そして、ピンチのときに、あいつを私の前に連れて来てくれた。ほんの少し前までは、その言葉の中に秘められたパワーに気づいてなかったけれど。

「でも、一人だけ、約束を絶対に破らない人を知っている。もし聞いても笑わないなら、彼の話をしてあげる。笑わない？　絶対に？　約束だよ？」

念を押してから、久太郎のことを正直に話した。

話を聞き終えると、奈津子はさらに盛大に笑った。

「笑わない約束っていったじゃない」

ハイボールのジョッキをカウンターに叩きつけながら言うと、

「そんな約束、守れるわけないでしょ」

と言い返された。それはそうだ。こんなの、信じろって方が無理だ。

普通の人にとって、約束なんてそんなもの。

でも、私は知っている。絶対に約束を破らない男のことを。

早く、久太郎に会いたくなった。

＊

南部さんから二回目の集合がかかったのは、クランクインを明後日に控えた夜だった。場所は、渋谷のワインバー。

今回も突然だった。前回の飲み会のときに連絡先を交換した若手俳優の早見《はやみ》くんから「撮影直前の懇親会をするそうなので、もし空いてたら来てください」というメールが回ってきた。

今日は久太郎と約束があったので、あまり乗り気じゃなかったけど、顔くらいは出しておこうと思って店に向かう。

指定されたワインバーは道玄坂の入り組んだ路地裏にあって、この前の居酒屋と比べるとずいぶん小さかった。雑居ビルの一階で、ネットで確認すると定員は二十人と書いてあった。とても、ドラマ出演者全員が入れるとは思えない。

とりあえずドアを開けると、薄暗い店内は開店前のように静かだった。テーブル席には誰もいない。カウンターの中央に見知った顔が一人だけ。

伊藤カロさん。このあいだ、奈津子が、気を付けろっていっていた相手だ。

元人気のバンドマンだっただけあって端正な顔立ちだけど、頬がこけていて少し不健康そうだ。金髪に鼻ピアス、黒いレザーパンツに胸の大きくあいたシャツ、服装から感じるイメージは、一言でいうとナルシストっぽい。前回の居酒屋で見かけた時はもっと落ち着いた服だったし、ピアスもしてなかったのに。

カウンターの向こうには若いバーテンダーがいて、店内にはその二人だけだ。知り合いらしく、ニヤニヤしながら喋っている。

伊藤さんはゆっくり振り向くと「よお」といって右手を上げる。バーテンダーは私の顔をニヤニヤしたまま見つめ「いらっしゃいませ」と言ったっきり、注文も聞かずにカウンターの奥に引っ込んでいった。

嫌な感じがしたけど、とりあえず話ができる距離まで歩みよる。ただ、私たちが早くついただけかもしれない。

「他のみんなはまだですか？」

「ん。今日は、俺とあんた、二人だけ。撮影が始まる前に、もうちょっと親密な関係になっとこうと思ってね」

「……早見くんは？」

「あー、あいつね、俺の頼みは断らないの。俺からのメールじゃ、あんた、来なかったでしょ」

どうやら、悪い予感が当たったようだ。

噂には尾ひれがつくものだけど、目の前の金髪の元バンドマンは等身大だったらしい。

そもそも、今の伊藤さんの外見が気に入らなかった。ファッションセンスのことじゃない。彼が次にやる役は、生真面目な駆け出しジャーナリストだ。まだ黒髪にしてなかったのかよ。ピアスとれよ。飯食ってもうちょっと太れよ。役作りしてんのかよ。

すべてから、情熱の欠如が伝わってくる。

「……なにが目的ですか？」

「先輩俳優として、俺が、色々教えてあげようっての。南部ちゃんのドラマ出るの、俺、二本目だしね」

南部ちゃん。きっと、本人が目の前にいたら、こんな呼び方はしないだろう。そういうセコいところも気に入らない。

「私、帰ります」

背を向けようとしたところで、腕をつかまれた。

細い手だけど、力は、やっぱり男のものだった。

つかまれた指先から、蟻《あり》が這《は》い上がるように不快感と恐怖が伝わってくる。でも、怖がってると気づかれるのも癪《しゃく》なので、以前に舞台で演じた、鬼に魅入られた町娘の役を思い出しながら睨《にら》みつける。

「放してください」

「まぁ、そう言うなよ。あんた、十代のころから女優目指して、劇団とかやってんだろ。でも、未だにぜんっぜん芽がでてないわけじゃん。理由、教えてあげようか？」

「別に、いりません」

「そういうとこだよ。なんていうかね、必死さがたりないのよ。たとえばさ、俺、なんだかんだいって、この業界長いよ。色んな知り合いいるよ。俺のいうことときけば、仕事もらえるかもよ。そういうこと計算して動かないから、いつまでたっても売れないんだと思うぜ」

胃の中が、バーベキューの真っ赤になった炭を放り込まれたように熱くなる。これが、怒りなんだと気づくのに少しだけ時間がかかった。大切にしていたものを、トイレから出てきて洗ってもない手で鷲づかみにされた気分だ。

「それって、仕事をくれるかわりに、今夜、伊藤さんに付き合えってことですか？」

「まあね。でも、俺はチャンスをあげるだけで、そこからはあんたの頑張り次第だから。チャンスつかむのに一番大事なのは、相手を楽しませる処世術だよ。覚えといて」

伊藤カロは得意げに鼻ピアスに向けて舌を伸ばす。全然届いてないけど。

「努力ってさ二種類あるんだよ。綺麗な努力と、綺麗じゃない努力。努力してるのに報われないいって言うやつってさ、どっちかしかしてないんだよね。ほら、学校の先生から習ったでしょ、努力は大事だって。えり好みしてちゃだめだろぉ」

勝手に、勝ち誇ったようにカウンターのウィスキーグラスを取って口に運ぶ。酒を口に含んだ瞬間、手の力が弱まった。思い切り腕を持ち上げて、カロの不愉快な指を振り切る。

もう限界だった。

別に、どんな考えを持っていようが自由だ。伊藤カロがどんな風に生きていても、知ったことじゃない。

ただ、これ以上、この男と話していると、私の夢まで汚れてしまう気がした。

「私は、私の力で夢を叶えてみせます」

「なんだよ、人が親切にしてやったら、青臭いこといいやがって。役者ってのはなぁ、お前が思ってるような、綺麗な世界じゃねぇんだよ」

苛立たし気に声を上げる。それが合図だったように、店の奥から、最初にカロと話していたバーテンダーが顔を出した。大声を聞きつけて心配して出てきたようには見えない。カロと私を見比べながら、ニヤニヤ笑っている。

いくらなんでも暴力に訴えるようなことはしないだろう。だけど、なにを考えてるのかもわからない。逃げた方がいい。背中を向けて駆け出そうとしたところで、膝がカクンと折れてつんのめる。

なにかに躓《つまず》いたわけじゃない。自分の足を見て愕然《がくぜん》とする。はた目にもわかるくらいに、震えていた。

さっきまであんなに怒りで熱くなっていたお腹が、途端に冷たくなる。震えていることに気づくと、強がった演技をする余裕が急になくなった。

「へぇ、可愛い。震えてんじゃねぇか。やっと、自分の置かれてる状況がわかったかよ」

カロがもう一度、私の手を強くつかむ。

もう振り払う勇気は湧いてこなかった。嫌だ、と体を反《そ》らせる。それを見て、バーテンダーが嬉しそうに笑うのが聞こえた。

「いいね、そういうの。好みだ」

カロが二時間サスペンスで恨みを買って殺される下種《げす》野郎みたいな嫌らしい笑みを浮かべる。

その時、店が小さく揺れた。

途端、心がふっと軽くなる。このささやかな地震は、私にとってすっかり馴染みのものだった。

カロは私から視線を離し、カウンターから滑り落ちそうになったグラスを反対の手で支える。バーテンダーも同じように、店にならんだワインボトルを気にしていた。

だから、二人とも、彼がなにもない空間に現れたところは見ていなかった。

私のすぐ後ろ、夜に会おうと約束した通り、久太郎が来てくれた。いつものジーンズに色褪せたカーキ色のアウトドア用ジャケット。背中には大きなバックパック。

久太郎は店を見渡し、状況を認識すると同時に声を上げた。

「おい、なにやってんだ」

突然響いた声に、カロとバーテンダーが弾かれたように振り向く。

「……誰だ、お前」

よっぽど驚いたらしく、掠《かす》れた声だった。

久太郎は、カロを睨みつける。日に焼けた肌にがっしりとした体、不健康そうな伊藤カロと野生児のような久太郎は対照的だった。それはそのまま、一つの生き物としての力の差のように見える。

「アオの、恋人だ」

久太郎はそういうと、視線に力を込める。

いつも爽やかに笑っている大きな目は、相手を睨みつけるのにも効果的だった。ものすごく迫力がある。よっぽど怒っているらしい。

カロは気圧されたのか、すぐに私の手を放した。さっきとはまるで違う、上ずった声で言ってくる。

「なんだよ、男連れできたのかよ」

久太郎ではなくて私に向けた言葉だった。視線も、私の方を向いている。本人は余裕ぶってるつもりなのかもしれない。でも、滑稽《こっけい》なほど怯《おび》えているのがわかった。

「おい、お前こそ誰だよ」

久太郎が言うと、カロは引きつった笑みを浮かべる。薄っぺらい笑みを張り付けているけれど、瞳の奥は、焦りでいっぱいだった。

カロはまだ久太郎に視線を向けられず、私の方を向いて声をかける。

「もういいよ、わかったよ。いけよ」

「いけ、じゃねぇだろ」

久太郎が低い声を出したのに、私までゾクリとした。

その声は、生半可な人生を歩んできていないことを想像させる、地力に溢れた声だった。別に、暴力の臭いがするとか、相手を射竦《いすく》めようとしてるとかじゃない。ただ、人間として、強い感じがした。

伊藤カロは、見えない圧力に突き飛ばされたようにバランスを崩し、カウンターに倒れ掛かった。ウィスキーのグラスがひっくり返り、床に落ちて砕け散る。完全に、勝負ありだ。

カウンターの向こうのバーテンダーに顔を向けると、カロの様子を嘲《あざけ》るような表情で見ていた。仲間なのかと思ったけど、どうやらその程度の関係だったらしい。

これ以上、話をする必要はなかった。

ジャケットの裾を引っ張って「久太郎、もういいよ、いこう」となだめる。久太郎は、私の言葉には素直に従ってくれた。わかった、とカロを睨んだまま頷く。

今日のことを仕事に引きずりたくなかったので、店を出る前に声をかけた。

「伊藤さん、今日のことは忘れます。お互い、いいドラマにしましょう」

「あ、あぁ」

カロは驚いたように私を見つめ、それから、バツが悪そうに顔をそむけた。これで現場が一緒になっても、もう二度と、私にふざけた態度はとらないだろう。

店を出てから、しばらく無言で路地を歩く。

メインの繁華街から外れているせいか、まだ時間帯が早いのか、他に人通りはなかった。

ちらりと、ピンチに颯爽と現れてくれた恋人を見上げる。

子供のころに出会った日もそうだった。大人になって再会した日もそうだ。追い詰められたときに、いつだってタイミングよく来てくれる。

「ありがとう。また、久太郎に助けられちゃったね」

笑いかけるけど、私のヒーローは不機嫌そうに、あぁ、と答えるだけだった。感情を隠すように、視線を伏せて歩いている。

「久太郎、勘違いしないでよ。さっきのは、なんでもないんだから。あいつと二人きりになるつもりなんかなかったんだけど――」

「わかってる。ああいう男がいるの、知ってるから」

遮《さえぎ》るように、声が降ってくる。

信頼されてるのは伝わってきたけど、でも、やっぱり不機嫌だった。

「じゃあ、なんで怒ってるのよ」

「怒ってない。ただ、ムカついた」

「それ、怒ってるっていうんでしょ」

「ムカついただけだって」

なにが違うのかよくわからないけど、不機嫌は直らない。またいついなくなるかわからないのに、こんな風にギスギスしたまま時間を使いたくなかった。

どうしたものか……と考えていると、呟くような声が聞こえた。

「俺、まだ、お前と手を繋いだこともないのに」

思わず吹き出しそうになる。

ついこの間まで、セックスをするかどうかなんて話をしてたのに、不意打ちにキスをしてきたのに、急に中学生みたいなことを言い出した。

でも、すぐに私の顔も熱くなっているのに気づく。どうやら、久太郎のピュアさに当てられたらしい。こんな風に心臓がドキドキするなんて、忘れてた。

距離を少しつめて、そっと、後ろから手を繋ごうとする。

彼はきっと、顔を真っ赤にして動揺してくれるだろう。未来が予知能力者のように浮かんできて、思わずニヤニヤしてしまう。

指先が触れ合う、直前だった。

「でも、俺さ、思ったんだ……今日は、たまたま約束があった。だけど、俺は、いつもアオの傍にいれるわけじゃない」

思わず、伸ばした手を引っ込めた。

久太郎の声が、真剣だったからだ。さっきまで苛立っていたのとは違う、強い意思を感じる。

「アオのこと、いつも守れるとは限らない。これからもお前が本当に困ってるとき、傍にいれる保証なんてない。だから、お前には、もっと相応《ふさわ》しいやつがいるんじゃないかってさ」

「そんなの、どんな恋人たちだってそうでしょ。ずっと傍にいれる人なんていないよ。それに私、そんなこと望んでないよ。守って欲しいなんて思ってない。私は、そんなに弱くないから。久太郎が、傍にいれるときだけいてくれれば、それで十分だから」

「でも、今日みたいなことがまたあったら、俺は、自分が許せない」

「じゃあさ、約束してくれればいいじゃない。私がこれから先、本当に困ったとき、いつも傍にいるって」

湿っぽくならないように、コメディを演じるような気軽さで提案してみた。

久太郎は「あ、なるほど」と呟いて、小さく笑った。でも、すぐに頭痛を抑えるように額に手を当てる。

「悪い、駄目だ。そんな都合のいい約束は、できないみたいだ」

「そう、だよね。気にしないで。本当に、私、大丈夫だからさ」

提案は、どうやら裏目に出てしまったらしい。

ごちゃごちゃ考えても駄目だ。もういい、思い切り手を握って、うやむやにしちゃおう。

そう思って手を伸ばす。でも、考えつくのが少し遅かった。

人通りのない路地が、揺れ始める。

「……今回は、やけに早いな」

寂しそうに私を見る。その目は、ほらな、こうなるだろう、と言ってるようだった。

「悪い。もう、次の約束があるみたいだ。話の続きは、また今度な」

「もう、行っちゃうの」

思わず、言ってしまう。

久太郎の目が、小さく傷ついたように揺れる。慌てて、言い直した。

「わかった。大丈夫、いってらっしゃい！」

「あぁ、いってくる」

「次は？　明日は、会える？」

久太郎は真っ白い歯を見せて笑おうとする。でも、すぐに首を振った。

「ごめん、明日は先約があるみたいだ」

「そっか。じゃあ、明後日だね」

「……悪い、明後日も駄目だ」

「明々後日は？」

久太郎は、申し訳なさそうに顔を伏せる。

「悪い、できない」

「ちょっと……そんな嘘ついて、私から逃げるつもりじゃないでしょうね！　そんなの許さない！」

「違う……本当なんだ。本当に約束ができないんだ」

久太郎が、嘘をついてるわけじゃない。それは伝わった。彼の表情は、本気で戸惑っている。こんなに続けて約束ができないのは初めてだった。

嫌な予感が、湧き上がってくる。

「それなら、来週は？　来週のいつでもいい、暇なときに会いにきて」

「……ごめん、約束できない」

揺れが少しずつ大きくなっていく。それは、タイムリミットが迫っているのを示していた。

「じゃあ、今年中ならいいでしょ。空いてる日に会いに来て。待ってるから。これなら大丈夫でしょ」

「……それも、無理みたいだ」

「ねぇ、どういうことよ！」

「わからない、こんなこと、今までなかったんだけど」

地震が強くなる。

そして、久太郎の体が、景色に溶けるように消え始める。

「待って。まだ行かないで！　来年、来年のいつでもいい、会いに来て！」

「駄目だ。約束できない」

「そんな……なんでっ！」

「アオ、俺、お前の夢、ずっと応援してるから」

彼は、別れを告げるように言った。

やめて、二度と会えないみたいな言い方しないで。勝手に、諦めないでよ。

心の中に浮かぶ不満。それはどうしようもなく、彼の人生の一部を伝えてきた。この二週間、色んなことを話してきた。これまで重なり合うことなく過ごしてきた日々を取り戻すように語り合った。でも、私は久太郎のことを、まだわかってなかったんだ。

きっとアイツは、こんな別れを、何度も繰り返してきた。

だから、大切な人ができることに、臆病になっていたのかもしれない。

そんなの、嫌だ。

これで別れるなんて、嫌だっ。

「待ってるから、ずっと待ってるから、いつでもいい、私に会いに来て！」

抗《あらが》うように叫ぶ。でも、久太郎は苦しそうに首を振るだけだった。

「……ごめん。約束、できない」

悲しい目をしたまま、私の恋人は消えた。

たった一人、繁華街の路地に取り残される。

この間、吉祥寺にいったときに携帯電話を買わなかったことを後悔する。携帯ショップを見かけるたびに、ダメ元で契約できないか相談してみたらと勧めたけど、彼はまだ大丈夫と笑うだけだった。私の名義で買って無理やりにでも渡しておくんだった。

胸の中で渦巻く不安が、他のすべての感情を飲み込もうとする。それに抗うように歩き出した。

そんなに深刻に考えることない。きっと、また会える。

彼は私の家を知ってるんだ。携帯の番号も覚えてるはず。約束でどこに飛ばされたって、きっと戻って来てくれる。私たちはもう大人だ。親の都合でしか住む町を選べないような子供じゃない。その気になれば、どこへだっていける。

だいたい、約束なんてちょっとした言い方で変わるんだ。来年まで会えないって決まったわけじゃない。なにか見落としているだけで、言い回しのどこかに問題があったのかもしれない。そうだ、そうに決まってる。いくらなんでも、来年までびっしり先約で埋まってるなんてありえない。

考えているあいだに、路地を抜けて道玄坂通りに出る。片側二車線の道路脇にはたくさんのビルや飲食店が立ち並んでいて、歩道には大勢の人たちが歩いていた。渋谷駅へと向かう人の流れに加わる。

すぐ目の前に、幸せそうに手を繋いでいる恋人たちがいた。その指には、お揃《そろ》いのリングが光っていて、夫婦なんだとわかる。

いきなり斬りつけられたように、気づいた。

私と久太郎のあいだにあったもの、それは、約束だけだった。

今ごろになって、私たちは、とても細くて弱々しい糸で結ばれていたんだと気づく。

都合のいいときには、さも重要なことのように振りかざされる。都合の悪いときには、そんなもの知らないとそっけなく扱われる。大事なもののはずなのに、蔑ろにされ、軽くみられ、そして、破られる。いつだって忘れられがちな、人と人との会話のなかで生まれる、小さな決めごと。

知っていたはずだ。わかっていたはずだ。

脆《もろ》くて儚《はかな》くて、硝子《ガラス》のような言葉。そんなものを、あれほど特別に感じていたなんて。

涙が、頬を伝った。

どれだけ前向きに考えようとしても、がんばって都合のいい予想を立てようとしても、涙は止められない。

どうしてだか、彼とはもう二度と会えない気がした。

＊

海岸から遮るものがなにも無い庭園には、強い風が吹きつけていた。

綺麗な花柄のステンドグラスの向こうで、木々が大きくしなっているのが見える。

東京湾の海岸沿い、海を挟んで高層ビル群を眺めるようにして『東京クウィンズベイ』は聳《そび》えていた。

バブル期に建てられた高級リゾートホテル。閉鎖が発表されたのは去年の十二月、時代を象徴したホテルの終焉《しゅうえん》は、賑わっていた当時を知っている人たちのノスタルジーをかき立てるらしく、それなりに大きなニュースになった。

宿泊客の減少も理由の一つだけれど、もっとも経営を圧迫したのは、豪華すぎる施設の維持費だったらしい。広いロビーに屋上のプール、そして海底からくみ上げている天然の温泉。実際に訪れてみると、その理由がよくわかる。

「ほんと、こんなのよく作ったよねぇ。これぞ栄枯盛衰って感じ」

すぐ隣で、奈津子が私とほとんど同じ感想を呟く。

私たちはホテルのロビーで、用意されたパイプ椅子に並んで座り、窓の外を眺めていた。

視線の先にあるのは、宮殿のような庭園。中央には貝殻の形をした噴水があって、その周りを囲むように木々が植えられている。

視線を室内に向けても、その豪華さはひと目でわかる。七階建てなのにロビー部分はまるごと吹き抜けになっていて、ぞっとするほど天井が高い。しかも天井はガラス張りで青空が透けて見えている。床は分厚い絨毯《じゅうたん》で覆われ、配置されているソファやテーブルの一つ一つにアンティークのような重厚感がある。

閉鎖されてから数ヵ月が経っているはずだけど、寂びれた様子はなかった。もちろん、撮影に使う場所はスタッフの皆さんが整えてくれたはずだけど、それを差し引いても、まだまだ現役で使えそうなほど綺麗だ。

「いいとこ見つけたよね。台本の舞台にぴったり」

「たぶん、この場所ありきで台本を依頼したんじゃないかな。監督、きっと目をつけてたんだよ。閉鎖されたホテルなら、許可さえもらえれば好きに使えるでしょ。話題性も抜群だし」

「なるほどねぇ。気合入ってるわけだ」

ちらりと背後を見る。そこでは、南部さんと他の主要キャストたちが次のシーンの打ち合わせをしていた。当分、私たちの出番はやってきそうにない。

「ねぇ、なんかあった？　元気ない感じがする」

奈津子が急に、声のトーンを変えて聞いてくる。さすが、と表情には出さずに心の中で呟く。いつもふざけてるけど、ちゃんと人を見ている。

「んー。ちょっとねぇ」

「男だな」

言いながら、鼻をひくひくさせる。ほんとに、どんな嗅覚してるんだ。

「まぁね。でも、大丈夫。仕事に影響することはないよ」

「そっか。ならいいや。今度、ゆっくり聞く」

話はおしまい、とばかりに思い出したように台本を広げる。その態度に、やっぱり彼女のことが好きだな、と思う。

「私の出番、まだ先だから、少しだけ歩いてくる。集中したいし」

「おっけー。なにかあったら連絡する」

台本を手に取って、撮影現場を離れた。

階段を上る前に、靴をヒールからスニーカーに履き替える。やたらと音が響くヒールなので、このままだと撮影中に余計な音を入れてしまうかもしれないからだ。

今回の役は今風のＯＬなので、ヒールだけじゃなく、服も髪形も普段の私とは全然違う。ピタッとした足のラインが出るようなパンツに白のトレンチコート。ブランドの腕時計をして、髪はハーフアップにまとめている。久太郎が見たらなんて言うだろう。つい、そんなことを想像してしまう。

吹き抜けのロビーは、窓も壁の彫刻も、絨毯の柄まで左右対称だった。鏡合わせのように両サイドに階段がある。東側の階段を上って、三階まで移動した。

今日の撮影に使うのは、一階と二階だけだ。三階はイベントホールになっているらしい。せっかくなので、奥にある結婚式をするような一番広い部屋に移動する。こちらも下の階に負けないくらい豪華だった。部屋の両脇には等間隔に柱が並び、ギリシャ建築のような重厚感を演出している。奥の壁はガラス張りになっていて、バルコニーへと続いているようだ。

部屋の隅に撮影用の機材が仮置きされているだけで人の姿はなかった。ここなら、声を出してもいいだろう。

台本を開いて、小さな声で、舌が憶えるほど練習した台詞を口にする。

別に、練習がしたかったわけじゃない。準備は十分にしてきた。台詞はすべて頭の中だ。スイッチを入れれば、すぐに役になりきることができる。

ただ、少しだけ、一人になりたかった。

久太郎とは、二日前に別れてから会ってない。携帯には一度だけ公衆電話からの着信があったけどタイミングが悪くて取れなかった。次にいつ会えるかわからない。今この瞬間にも彼の身になにかが起きてるかもしれないという不安は、ずっとつきまとっている。

でも、それに引きずられて演技に支障が出るようじゃプロ失格だ。それに、そんなことをしたらあいつに怒られる。久太郎はいつだって、私の夢を応援してくれた。川音町で別れてから再会するまでずっと、私が夢に向かって進んでいることを疑ってなかった。あいつのためにも、最高の仕事をしないと。

台本を閉じた。もう、必要ない。

これまでのどんな現場よりも落ち着いている。すごく、集中できているのがわかる。

「久太郎、私、やるから」

呟いてから、現場に戻ろうと、勢いよく踵《きびす》を返す。

そこで、物音が聞こえた。

ホールの中央にある柱の裏側から、小枝でも踏みつけたような微かな音がする。

振り向くと、人影が見えた。相手も同じタイミングで気づいたらしく、柱の陰から顔を出す。

少しだけ、警戒する。でも、そこにいたのは、よく知った人だった。

ハンチング帽をかぶった四十代半ばくらいの男性。南部さんとは違って背が高くてお腹もでっぱってない。ベロア生地のズボンに作業服のような上着、いつもと雰囲気が違う服装は役の衣装なんだろう。

下北沢を拠点に活動している劇団『アストロノーツ』の団長で、駆け出しのころ南部さんと一緒に活動していたベテラン俳優の浅野秀行《ひでゆき》さんだった。彼の劇団には、私もたまに出演させてもらっている。

「お久しぶりです、浅野さん」

「やぁ……アオちゃんか」

深くかぶっていたハンチングのつばを持ち上げながら歩み寄ってくる。

「けっこういい役、もらえたみたいね。調子はどう？」

「ええ、ばっちりです。浅野さんも、南部さんからオファーあったんですね。聞きましたよ、いつか一緒に仕事するって約束してたって」

「そっか。あれ、アオちゃんのことだったんだ。南部のやつ、俺のとこに来たとき言ってたよ。今さらオファーしていいのか迷ったけど、若いやつに背中を押されたってさ」

浅野さんはそう言うと、照れくさそうに笑う。こんな笑顔も、するんだ。いつもストイックで、仕事場では演じているとき以外はあまり感情を表に出さない、そんな人だったのに。

ずっと、彼の前では南部さんの話はタブーだった。それが、こうして和解してドラマに出る、なんだか歴史的な瞬間に立ち会ってるような気がする。

そこで、異様な臭いに気づいた。

ガソリンスタンドの臭い。気化したガソリンの臭いだ。

なんで、こんなところで。どこかに放置されてるんだろうか。辺りを見回しても、それらしいタンクのようなものは置かれていない。

一つの、馬鹿げた可能性が頭を掠める。

嫌な予感を押し殺し、浅野さんが顔を出した柱の裏へ、ゆっくりと歩き出す。

「浅野さん、そういえば台本にはお名前載ってなかったですけど、どの役ですか？」

第一話では、台本にキャストが書かれていない役がいくつかあった。もちろん、台本を配るときまで決まってなかったくらいだから、それほど重要な役じゃない。

「二人目の容疑者の役だよ。たいした台詞はないけど」

柱の向こう側が見える。

そこには、空っぽになった五百ミリリットルのペットボトルが転がっていた。絨毯の上には、その中に入っていたんだろうガソリンが染みを作っている。そして、染みの真ん中に、目覚まし時計とマッチ棒を針金で組み合わせた、子供のおもちゃみたいなものが転がっていた。それがなにかは、考えるまでもない。

「その発火装置、自作なんだ。舞台の美術から小道具作りまで、なんでも自分でやってきたからね。時間になったら、マッチに火がつくしかけさ」

開き直ったような声が、聞こえた。

「なんで、こんなことを」

振り向いた私の表情を見て、浅野さんは、ほんの一瞬だけたじろぐ。

きっと、そこに浮かんでいたのは、驚きでも怯えでもなく、失望だったからだろう。

浅野さんの演技が好きだった。ストイックに細部までこだわり抜くところが好きだった。普段は物静かなのに少しお酒が入ったときだけ見せる情熱が好きだった。南部さんとは違う部分で、尊敬していたんだ。それなのに、なんで。

「約束って、残酷だよな」

浅野さんは、どこか諦めたような口調に変わっていた。

約束。その単語に、ほんの一瞬だけ久太郎の顔が浮かぶ。

「南部が一緒に立ち上げた劇団を辞めると言ったとき、約束したんだ。いつか、お互い出世して、一緒にでかい仕事をやろうって。それまで腐るんじゃねぇぞって」

ハンチングを脱いで、右手で握りしめた。帽子が形を失って小さくなる。

「あのときは、あいつと対等なつもりでいた。対等な約束のつもりだったんだ。こんな風に、一方的に端役をめぐんでもらうんじゃない。俺はあいつと、一緒になにかを作り上げたかった」

「南部さんは、きっと、あなたと仲直りしたかったんですよ。約束を、そのきっかけにしただけです」

「わかってる。俺が、いつまでも這い上がれなかったのが悪いんだよ。あいつは一人で認められて、遠いところにいっちまって。もう本当は心の底では、あいつに追いつくのを諦めてた。惨《みじ》めな自分に、必死で気づかないようにしてた。約束なんて、とっくに忘れたふりをしてたんだ」

　ここにも、約束に人生を縛られてしまった人がいた。

　大切な人との約束。それは、交わした瞬間は宝物かもしれない。その人と同じくらい大切なものに思えるかもしれない。だけど、約束は時間とともに変化していく。交わした人たちの心が変われば、それは自分を縛り付ける鎖にも、苦しめ続ける傷にもなる。

「守られない約束なら、それでよかった。でも、あいつ、このたいした台詞もない役を持ってきて言ったんだ。あの時の約束を果たしたいって。そうじゃねぇ。俺たちの約束は、そうじゃなかったんだ。俺は、ずっと、あの約束を大切にしておきたかったんだよ」

　同情する気にはなれない。だけど、彼の気持ちはよくわかった。

　私も同じだった。すぐ傍で私以外の人が選ばれ、有名になっていくのをずっと眺めていた。なにが違うの、私にはなにが足りないの、疑心暗鬼のようになりながらもがき続けていた。心が折れそうになったこともあった。久太郎が来てくれなかったら、あの夜に、夢を諦めていただろう。

だから、なおさら、浅野さんにも諦めて欲しくなかった。

「なにを……するつもりなんですか？」

「ちょっとした嫌がらせだ。火事を起こして、新聞沙汰にするだけさ」

「このドラマは、南部さんの夢だけじゃない。たくさんの人の夢が乗ってるんです。わかってるはずですよね」

「誰も傷つけたりしない、ちゃんと加減はしてるよ。落ち着いたら、なんでもなかったように別の場所で撮影になるだけだ。ただ、あいつが大切にしているものにケチをつけてやりたいんだ」

浅野さんは、どこか虚ろな目で私を見返す。もう、なにもかも諦めているようだった。

「あなたが演劇に人生を賭けてきたことは知ってます。それを、こんな下らないことで台無しにするつもりですか」

必死で、語りかけた。

まだ間に合う。今、思いとどまれば、なにもなかったことにできる。

折れないで、戻ってきて。

だけど、彼は手を振り払うように告げる。

「アオちゃん、もう行ってくれ。あと二分で、ここは火の海になる」

私の声は、もう届かない。決定的に、それがわかった。

浅野さんから視線を外し、ガソリンの上に転がっている発火装置を拾う。やり場のない怒りをぶつけるように力任せにバラバラにして、離れた場所に投げ捨てた。

でも、背後から疲れ切ったような声がする。

「もう遅いんだ。ここだけじゃない、他にも仕掛けてある。もう引き返せないんだ」

彼が、そう言った瞬間だった。

打ち上げ花火が立て続けに上がったような轟音が響いた。

ホテルが大きく揺れる。下から突き上げられるような衝撃に、思わず膝を突く。

なにかが、爆発した。火事なんかじゃない、階下で異変が起きている。

浅野さんは、さっきまでの疲れ切った態度が嘘のように狼狽《ろうばい》していた。爆発はかなり大きく、彼が想定していたものとは違ったみたいだ。

でも、そんなことを確認している余裕はなかった。

再び爆発音が響く。今度は、さらに大きかった。

窓ガラスが砕け散り、天井についていた木製のパネルが剝《は》がれ落ちてくる。

立ち上がろうとしたところに衝撃がやってきて、バランスを崩す。そのまま近くの柱に頭を打ちつけた。

浅野さんが大声でなにかを叫んでいる。それを遠く聞きながら、意識が沈んでいくのを感じた。


久太郎の顔が、目の前に浮かんだ。

彼は、なぜか、悲しそうに笑っていた。

人はいったい、生きているあいだに、いくつの約束をするのだろう。

そのうちの、いったいいくつを守るのだろう。

約束は、すべてが優しいものじゃない。冷たいものも、身を切るように切ないものもある。

その全てを守り続けている彼は、とても孤独な存在のように思えた。

顔に熱を感じて目を開ける。

目の前に、真っ赤な炎が見えた。途端に意識が覚醒する。

辺りを見回し、すぐに状況を理解した。

爆発の衝撃で頭を打って、意識を失っていたらしい。どれくらい倒れていたかはわからない。でも、それほど長い時間じゃなさそうだ。

その間に、周囲は一変していた。

天井が崩れ落ちたらしく、あたりに破片が散乱していた。上を見ると、綺麗に埋め込まれていた木製の天板が剝がれ落ち、コンクリートがむき出しになっている。そして、床にばらまかれた瓦礫《がれき》の向こうには、ゆらゆらと揺れる炎が見えた。なにかの拍子でガソリンに引火したんだろう。火は部屋の真ん中で両手を広げるように燃えていた。入口には、とても近づけそうにない。

辺りを見渡すけど、浅野さんも、他の誰かの姿もない。

火が燃え盛る部屋に、たった一人で取り残されていた。

……嘘、でしょ。

ここでじっとしていても、死ぬのを待つだけだ。入口がだめなら、せめてバルコニーの方へ避難しよう。立ち上がろうとして、違和感に気づいた。

足に力が入らない。立つことができなかった。

怪我はしていない。でも、指先が痺れているような感覚があった。頭の後ろに鈍い痛みもある。どうやら、煙を吸い込みすぎたらしい。

ポケットに手を入れるけど、携帯が見つからない。辺りを見回すと、台本と一緒に炎の中で燃えていた。

這うようにしてバルコニーに近づこうとする。でも、すぐに限界がきた。

体が、動かせなくなる。

肌が熱い、炎が近づいてくる。

遠くで爆発音が響く。まるで、このホテルそのものが崩れかかっているようだった。

今になって、気づいた。

あぁ、なんだ。約束ができなかったのは、久太郎になにかが起きるわけじゃなかったのか。

瞼《まぶた》が重い。薄れていく意識の中で、言葉が浮かんでは消えていく。

そうか……私が、この世界からいなくなるから、約束ができなかったんだ。

嫌だなぁ。もっと、久太郎といろんな話がしたかったのに。こんなことなら、あいつの理由なんて無視して、押し倒してでも童貞を捨てさせるんだった。

でも、よかった。なにかが起きるのが久太郎じゃなくて。

これで、終わりなのか。

悔しいなぁ、夢のために、ずっと頑張ってきたのに。やっと、チャンスが巡ってきたと思ったのに。

だんだん視界が霞んでくる。意識が遠のいていく。

痛みはない。でも、もう助からないってことだけはわかった。

あぁ、私は本当に、ここで死ぬんだ。

少年のころから変わらない、たった二週間の恋人の笑顔が浮かぶ。

あいつは夏休みに交わした約束を、ちゃんと守ってくれたのに。

一人じゃ耐えられなくなったとき、約束した通り、ちゃんと駆けつけてくれたのに。

私の方は、駄目みたいだ。

ごめんね、久太郎。

あの時のもう一つの約束、守れそうにないや。

ずっとは傍にいられないけれど、ずっと傍にいるよ、と言う。

もう会えないとわかっているけれど、またいつか会おうね、と言う。

なにもしてあげられないと知っているけれど、なんでもいって、と言う。

心がどうしようもなく離れていくのを感じるのに、裏切ったりしない、と言う。


無責任で身勝手で、曖昧で不確かな決めごと。

それを俺たちは、約束と呼ぶ。

その場しのぎで口にされることも、ゴミのように捨てられることもある。だけど、たった一つの大切な宝物になることも、ある。

それが人生に必要なものかなんて、俺にはわからない。

でも、これだけは言える。

約束のない人生なんて、寂しいだろう?

夏休みからの手紙

地震が収まると、見覚えのある田園風景の中にいた。

山に囲まれた田舎町。辺りには春を待つだけの空っぽの田んぼが広がり、スズメたちの憩いの場になっていた。野生動物がいくつかの群れに分かれて過ごすように、広々とした田畑のあいだに家々が小さな塊を作って建っている。空には点描で描かれたようなまだら雲が浮かび、町のどこにいても聞こえる川の音が耳に届く。

懐かしい景色だった。子供のころは、こんな気持ちで振り返る日がくるなんて思いもしなかったけれど。

目の前に広がるのは、少年時代を過ごした、昔と変わらない川音町の田園風景だった。

アオと別れてから、四日が過ぎていた。

高校時代にドミノ部に所属していた友達と、ギネスに挑むときは手伝いに行く、という軽口のような約束をしていた。彼がついに夢に挑戦する瞬間がやってきて、その会場になっている九州の地方都市に飛ばされていた。

体育館で丸三日間、途中で別の約束が入って地震を起こしてしまうかもしれない、という不安と戦いながらドミノを並べ続けた。約束を守るだけなら完成まで付き合うことはなかったかもしれないけど、途中で放り出すのは申し訳なくて、結局、友人が夢を叶えるのを見届けてから街を離れた。

少し前なら、そのまま九州を放浪しながら絵を描いたところだけど、今の俺にはなによりも大切な人がいる。早くアオの元に駆けつけて安心させてやりたかった。次の約束ができなかったから、きっと不安になってるだろう。

公衆電話から何度かアオの携帯に電話をかけたけど、一度もつながらなかった。もうすぐドラマの撮影が始まるといってたから、忙しくて出られないのかもしれない。でも、一つだけ気になることがあった。来週、今年、来年、と日程を広げても次の約束ができなかった。こんなことは今まで一度もなかった。

もし、このまま会えなかったらどうする。三日間、アオのことを考え続けた。別れる前、不安を口にした。約束のせいで、俺はいつどこに飛ばされるかわからない。

辛いときに傍にいてやれないかもしれない。アオをもっと幸せにできるやつがいるかもしれない。

でも、次の約束ができないまま別れて、気づいた。他の誰かがアオを幸せにするなんて嫌だ。どんな運命が俺たちの前に立ち塞がったって、ぜったいにアオを守ってやる。

次に会ったら、抱きしめて、それを伝えてやろう。

それに、約束ができなかったのは悪い理由じゃないかもしれない。もしかしたら、約束を守る体質が消えるのかも。俺がいつまで約束を守り続ける男でいるのかわからない。今、この瞬間にも、急に普通の人間に戻るってこともありえるんだ。

だけど、急いでいるときほど約束は重なる。東京に向かっている新幹線の中で、また新しい場所に飛ばされた。

その先が、川音町だった。

早く約束を守って、アオの元に駆けつけたい。でも、この町に戻ってきたことの懐かしさが、ほんの一瞬だけ焦りを忘れさせてくれた。

立っていたのは、よく知る家の玄関先だった。

俺の住んでいた、町外れのボロ小屋じゃない。アオが暮らしていた、シゲバアの家だった。

アオのお祖母ちゃん、子供のころの俺たちがシゲバアと呼んでいた人と、一つだけ約束をしていた。

それは、呆れるくらい些細《ささい》な、そして贅沢《ぜいたく》な約束だった。

家の中から漂ってきた糠漬けの匂いにつられて、遠い日の記憶が蘇る。

アオがいなくなり、夏休みが終わってから、ときどきシゲバアの家にいくようになった。

シゲバアは一人暮らしで、孫がいなくなって寂しかったんだろう。いつも嬉しそうに迎えてくれた。

シゲバアの家に足を運ぶようになったのには、理由があった。

アオの様子を、知りたかったからだ。

ずっと仲間外れにされていた。小さな町だ、一つ過《あやま》ちを犯せばたちまち全員に知れ渡る。町を出た親父が離婚して子連れで戻ってきたことも、事業に失敗して借金があることも、親戚や友達から金を借りまくったことも、定期的に街の借金取りがくることも、俺がときどき理不尽な暴力を振るわれていることも、知らない人はいなかった。

親の過ちは子の過ちというのが、川音町の子供社会のルールだ。同じ年頃の子供たちは一致団結して、俺がロクデナシの親父の子であることを馬鹿にした。

そんな環境で育ったんだから、俺にできるのは、諦めて目と耳をふさいで目立たないように生きるか、一人でも平気だと捻《ひね》くれて開き直るしかなかった。もともと気の強かった俺は後者を選び、学校では一人で周囲に反発しながら過ごしていた。一つだけマシだったのは、幼馴染で町の子供たちのリーダーだったツネは古き良きガキ大将で、気に入らないやつと正面から対立することはあっても陰湿なイジメは許さなかったことだ。今になって思えば、ツネとは、互いに張り合いながらも認め合っている不思議な関係だった。俺は一匹狼を気取り、正々堂々と孤立した。

孤独だったし、退屈だったけど、その気持ちが他の子供にバレると負けの気がして、どんなときも一人で平気だと強がっていた。俺の話を聞いてくれたのは、駄菓子屋のおばちゃんくらいだった。

そんなとき、アオに出会った。

夏休みの初日、ひょっこり公園に現れた女の子は、すっかりヒエラルキーが出来上がった町の子供たちの前で胸を張って「友達になってくれないかな」と手を差し出した。

たまたま、遠目にその様子を見ていた。

屈託なく笑う彼女が眩しかった。「友達になってくれないかな」という言葉が、どうしようもなく胸を貫いた。

ツネたちは、いきなり現れた都会の少女を拒絶した。アオを守るのは、正義感や義務感じゃなくて、もう俺の宿命だった。

それからの一ヵ月は、俺の人生の中で、いちばん輝いた日々だったかもしれない。もちろん、大人になってアオと再会してから今日までを除けば、ということになるけれど。

だから、アオがいなくなったあとの俺は、抜け殻みたいだった。世界が灰色に見えて、なにもする気にならなくて、あんなに気に入っていた杏子サイダーも美味しいと思えない。これまで、ツネたちに舐められまいと一匹狼を演じていたのがどうしようもなく子供っぽいことに思えた。

抜け殻のようになった俺が、アオの残り香を求めて辿り着いたのが、シゲバアの家だった。

家にはあがらない。軒先に座って、アオの話をする。

「このあいだ、アオのお母さんと電話で話したよ。あの子、友達を家に連れてきたんだって。引っ越して間もないっていうのに、うまく馴染んでるみたいだねぇ」

と、近況を教えてくれることもあるけれど、

「特に用事もなかったからね、ここのとこ、アオには電話してないよ」

と、そっけなく言われることの方が多かった。

もう札幌には慣れただろうか。向こうの学校でイジめられたりしてないだろうか。教えてくれた夢に向かって努力をしているだろうか。約束、覚えているだろうか。

頻繁に来たって新しい話が聞けるわけじゃないけど、こうやってアオのことを話せるだけで、灰色の世界に少しだけ色を取り戻すことができた。

別れる前に約束した手紙は、いつまで待っても届かなかった。

尋ねれば、シゲバアは住所や電話番号を教えてくれただろう。でも、それを聞くのは恥ずかしかったし、アオに手紙を催促するようで嫌だった。それに、もしかしたら、向こうの学校が楽しくて、俺のことなんてもう忘れてるかもしれないと思ったりもした。

シゲバアはいつも、お茶と糠漬けを出してくれた。

糠漬けは、子供の俺には辛《から》すぎて、独特の臭みの魅力もわからなかった。

……大人は、なんでこんなものうまそうに食べるんだ。

いつもそう思いながら、目を瞑って飲み込んだ。食べられないと子供っぽく思われ

る気がした。それにアオが「お祖母ちゃんの糠漬け、すごく美味しいんだよ」と言っていたのを否定したくなかった。

「シゲバアの糠漬け、やっぱりうまいなぁ」

そう言って、やせ我慢をして一つ残さず食べる。

でも、そんな日々も、長くは続かなかった。

二ヵ月がすぎて、アオからの手紙が届かないまま、町を出る日がきた。

「シゲバア。俺、この町から引っ越すことになった」

引っ越しの日、学校が終わってからシゲバアの家に立ち寄った。

なんでもない平日の水曜。当たり前のように学校で授業を受け、その日の夜、雪がとけるように静かに消える。引っ越すことは、学校の誰にも話していなかった。

「本当は、誰にも言うなって親父は言ったけど、シゲバアにだけは話すよ」

「どうしたんだい、急に」

「夜逃げってやつだ。親父のやつ、もうどうしようもなくなったらしい」

シゲバアはすべてを察した顔になった。親父がどこにどんな借金があるのかは知らない。でも、とっくに立ち行かなくなってるのは、みんなわかっていた。

夏休みが終わると、街からやってくる借金取りが頻繁に現れるようになった。この町で始めた工事現場の仕事も、腰が痛いといって最近は休んでいる。酒に逃げるようになり、八つ当たりのように俺を殴る日が増えた。

もう、あいつには、すべてを捨てて逃げることしか残されていない。子供の俺にさえ、それがわかるほどに追い詰められていた。

「そうかい。あんたがいなくなると、寂しくなるね」

言われた瞬間、涙が零《こぼ》れそうになった。

この町を出るなんて、大したことじゃないと思っていた。アオと過ごした夏を除けば、大した思い出なんてない。駄菓子屋のおばちゃんやシゲバアのことは好きだった。ツネとは、どこか絆のようなものを感じていた。でも、この町に愛着が湧くほどじゃない。

だけど、違った。シゲバアの声は、ずっと気づかない振りをしていた気持ちを、泥水の中に埋もれていたキラキラした石を掬《すく》い上げるように見せてくれた。

「あんたさえよければ、うちで引き取ってもいいんだよ。あんたのお父さんが、なんて言うかだけどね」

シゲバアが、気遣うように言ってくれる。その言葉に、惹かれた。そんなことできるわけないとわかってるけど、嬉しかった。

でも、また一つ、気づいてなかった感情が、泥水の底から浮かび上がってくる。

親父を、見捨てられない。

ロクデナシの親父でも、たった一人の家族だ。どうしようもないやつだってわかってたけど、町の人たちが親父を蔑むのを見るたびに反発を覚えていた。だから俺は、誰とも友達にならずに、一人で彷徨《さまよ》っていたんだ。

「……俺くらいは、あいつを嫌いにならないでいようと思うんだ」

「そうかい。あんたは、偉いね」

「でさ、最後に、教えてほしいことがあるんだ」

気持ちを切り替えて、シゲバアに向き直る。

きっと、これが最後のチャンスだった。

今まで、余計なことを考えすぎて、アオに連絡を取る方法を聞けないでいた。でも、このときを逃せば、あいつとの繋がりが失われてしまう。

アオの引っ越し先の住所と電話番号、教えてくれよ。手紙、書きたいんだ。

そう言おうとした時だった。

「アオにはあたしから伝えとくよ。あの子、ひどく心配してたからね。あんたが、全然返事をくれないって」

シゲバアの言葉が、でかかった質問を止めた。

すぐに、理解した。

やっぱり、アオは手紙のことを忘れてなんかいなかった。手紙は、届いていた。

ただ、俺の手に渡っていなかっただけ。きっと親父が見つけて、どこかに隠したんだ。俺が毎朝、手紙を気にしてソワソワしながら郵便受けを覗いてたのに気づいていたんだろう。それが、気に入らなかった。ロクデナシのあいつなら、やりそうなことだった。

「それで、聞きたいことって、なんだい？」

「ん……みんな、シゲバアの糠漬け、なんであんなに美味しそうに食べるんだ？」

改めて聞かれて、咄嗟に違うことを口にしていた。

手紙は、家のどこかにあるはずだ。親父を問い詰めればさすがに返してくれるだろう。

シゲバアに住所を聞けば、手紙が届いてないことと、親父がさらにロクデナシだってことを話さないといけなくなる。それは、もう嫌だった。

シゲバアは手品の種を明かすように、嬉しそうな顔をした。

「やっと、正直に言ったね。いつも辛そうに食べるくせに、ぜんぶ平らげて帰るからねぇ。いつまでやせ我慢するつもりだろうと思ってたのさ」

「気づいてたのかよ。あれ、いったいなにがうまいんだ。しょっぱいだけだろ」

「そうかい。下手で悪かったね」

「子供にはわからない、って言わないのか？」

それは、大人たちが決まって口にする台詞だった。それを聞くたび、大人ってそんなに偉い生き物なのかよ、と反発していた。でも、シゲバアは違った。

「それで片付けちまったら、料理人じゃないだろ。誰にでも美味しい糠漬けを作ってやろうじゃないか」

いい趣味を見つけたというように、わざとらしく腕まくりして見せた。

その仕草に、思わず笑ってしまう。きっと、アオの前向きなところは、お祖母ちゃんに似たんだろう。

「最高傑作ができたら、食べにきな」

「うん、わかった。最高傑作ができたら、来てやるよ。だから、それまで元気でいろよ」

それが、俺がシゲバアと交わした、贅沢な約束だった。

約束を交わした後、いつもよりもはっきりと、川の音が聞こえてきたのを覚えている。

あの日と、同じ景色だった。古くなって黒ずんだ門柱、開けっ放しにされた不用心な玄関、そして、遠くから聞こえてくる水音。

こんにちは、と声を張り上げると、奥から老婆が顔を見せる。

小学生のときに別れて以来だけど、すぐにわかった。髪は真っ白になって、顔の皺《しわ》も増えた。でも、穏やかな笑顔はあのころと変わらない。腰は曲がってるけど足どりはしっかりしていて元気そうだ。懐かしさと一緒に、塩辛くてツンとくるような臭いが鼻に届く。

「シゲバア、久しぶり」

いつも、久しぶりに会った人に声をかけるときは、気を遣っていた。驚かせたり、怖がらせたりしないように。でも今日は、自然に振る舞うことができた。

シゲバアは、突然現れて話しかけてきた若者をしばらく無言で見つめ、それから、顔を皺くちゃにして笑った。昨日も会っていたように受け入れてくれる。

「ちょうどいいところに来たね、最高傑作ができたところだよ」

約束も、ちゃんと覚えていてくれた。

子供のころと同じように軒先に座っていると、シゲバアが小皿に盛りつけた糠漬けを持ってきてくれる。大根と茄子《なす》と胡瓜《きゅうり》。子供でも食べやすいサイズにカットされていた。切り方は、昔のままだ。

注がれたお茶をすすって喉を潤《うるお》してから、爪楊枝《つまようじ》を刺して口に運ぶ。

子供のころは、なんで大人たちがこんなものを嬉しそうに食べるのかわからなかった。大人になってからも、苦手というほどじゃないけれど、あまり美味しいとは思えない。

でも、目の前にあるものは特別なはずだ。

これは、ただの糠漬けじゃない。

何十年も評判の糠漬けを作り続けていたシゲバアの生涯で、一番美味しいものだって保証されているんだ。

放り込むと、口の中いっぱいに独特の辛さが広がる。単純に塩っ辛いのとは違う、長い時間かけて煮込んだスープのように、辛さの中に深みが見え隠れしている。それを味わいながら噛んでいると、ふわっと、なんともいえない旨味がやってくる。

「うまい」

思わず、口にしていた。

俺が大人になったからじゃない。記憶の中にあるものとは全然違う。野菜が持つ美味しさと糠漬けの味わいが相乗効果を生み出している。これならきっと、子供のころの俺が食べても、美味しいと言っただろう。

「シゲバア、これ、本当にうまいよ」

「そうだろうさ。なんたって、人生で一番の出来だからね」

当たり前のことを言うんじゃない、というような口調だったけど、表情は褒められた子供のように嬉しそうだった。

俺が完食するのを待って、シゲバアはお茶をすすりながら話し始めた。まるで、昔に戻ったようだった。

「久しぶりだね、元気でやってたかい？」

「あぁ。シゲバアも元気そうだね。引っ越してから、何度か電話したんだぜ」

「そうだったのかい。すまないねぇ、あんたがいなくなってから、しばらく入院してたのさ。喉のここんとこに癌《がん》が見つかってね」

「そっか。今は、もう大丈夫なのか？」

「あぁ、すっかりよくなったよ。それにしても、あんた、いい男になったねぇ。なんでいきなり、この町にふらりとやってきたんだい」

「決まってるだろ、シゲバアの最高傑作を食べにきたんだ。約束したろ」

「……冗談だとしても、本当にいいタイミングで驚いたよ。台所で試食して、これは一番いい出来だって思った直後だったからね。あんた、魔法使いかなんかだったのかい？」

「そんなんじゃない。けど、俺、約束だけは破らないんだ」

シゲバアはちょっとだけ不思議そうな顔をした。でも、すぐにどうでもよくなったように、世間話の続きをする。

「今は、どこに住んでるんだい？」

「東京だよ。アオが住んでる街の近くで暮らしてるんだ」

「へぇ。じゃぁ、アオとは会ってたのかい？」

「ん。あぁ。けっこう頻繁にね」

本当は、二週間ほど前からアオの部屋に転がり込んでいるんだけど、さすがに、いきなりそんなことを打ち明けられない。だから、少しマイルドにして答えた。

「あんた、アオと最後に話したのはいつだい？」

「四日前だよ」

「そうかい……四日前かい。そうかい」

「ちょっと用事があって、しばらく九州にいたんだ。あいつ、携帯に電話してもでないからさ」

「じゃあ、もう一つ、約束しておくれ」

シゲバアが、急に真剣な声になった。

正面から顔を見る。さっきまでとは違う、思いつめた表情をしていた。

「約束？」

「あぁ。これをアオに届けておくれ。あの子にね、あんたに最高傑作が出来たら食べさせる約束をしたって話したとき、自分にも絶対食べさせて、って言われてたんだよ」

そう言いながら、小さなタッパーに入れられた糠漬けを差し出す。

孫に渡してくれ、という単純なお願いのはずだった。でも、頭がネジを締め込まれているようにギリギリと痛んだ。この約束は守ることができないという合図だ。

「……ごめん。その約束はできないよ」

シゲバアは、悲しそうに目を伏せた。その仕草には、ただ断られたことへのショックだけじゃない、もっと深い意味があるように感じた。

「そう言わないでおくれよ。あんたも辛いのはよくわかってる。だけどね、あたしは足が悪くて、もう東京までは行けないんだ。もちろん、あんたの気持ちが落ち着いたときに持っていってくれれば、それでいいから」

「待ってくれ、なに言ってんだ。気持ちが落ち着くってなんだよ」

シゲバアは、しばらく俺の顔を見つめてから、耐えられなくなったように視線を逸らす。それから、絞り出すように教えてくれた。

「……そうかい。約束はできないなんて言うから、てっきり。あんた、まだ知らないんだね……アオは、二日前に死んだんだよ」

突然、違う国の言葉を聞いたように、理解できなかった。

少しずつ、その意味が頭の中に沁《し》み込《こ》んでくる。

アオが、死んだ？　なに馬鹿なこと言ってんだ。

シゲバアは無言で、昨日の新聞を見せてくれる。

一面に、爆破されたように倒壊した建物の写真が載っていた。

ドラマの撮影中に、ロケ現場として使用していたホテルがガス爆発により崩落。役者やスタッフが巻き込まれる大事故が発生した。

去年の十二月に営業を終了した東京湾に面した高級リゾートホテルは、海底からくみ上げる天然温泉が売りの一つだった。営業終了後に温泉設備は止められ、管理もされていなかった。そこに天然ガスが発生していたらしい。ガス爆発が発生するには二つ条件がある。一つはガスと空気が一定の割合で混ざり合って存在していること。二つ目は発火源。ホテルの地下空間には、いくつかの密室に分かれて空気とガスが溜《た》まっており、地雷が埋まっているような状態になっていたらしい。そこに、なんらかのきっかけで火がついてしまった。重傷者十二名、死者七名。

死者の欄《らん》には、国木アオの名前があった。

＊

どうやって、シゲバアと別れたかはよく覚えていない。

気がつくと、見覚えのある石段を登っていた。

雲の隙間から太陽が覗いている。けれど、あの夏の日の肌が焼けるような日差しはない。大合唱を奏でていた蟬たちも消え失せている。

葉を落とした冬の木々はどこか寂しそうで、過ぎ去った季節を懐かしんでいるように見えた。境内から冷たい風が吹き、石段の上で待ち構えている狛犬も身をすくめている。

アオが、死んだ。

他人事のような新聞記事では、その事実をすぐに受け入れることができない。そんなこと、あるわけない。

悪い冗談に決まってる。とにかく間違ってる。

石段を一番上まで登り、そこに腰を下ろす。あいつと過ごした夏休み、毎日ここに座っていた。手水舎の水瓶で杏子サイダーを冷やし、冷やしていることを忘れるほど夢中で話をした。

アオが、死んだ。

その言葉が少しずつ、皮膚から沁み込むように、心を毒していく。

気を抜けば、涙が溢れてきそうだ。

必死でこらえる。泣くってことは、アオの死を受け入れるってことだ。こうして涙をこらえている間は、まだ現実に抗っていられる気がした。

代わりに、約束を守り続ける体質になった日のことが浮かんできた。

たった一つの約束を守るために生きる。あの日、俺はそう誓ったんだ。

高校を卒業するまで、これといって特徴のない地方都市に住んでいた。

川音町から親父に連れられて夜逃げをして、その街にやってきた。

ボロボロの軽トラで高速を走ること八時間。俺は助手席で寝たり起きたりを繰り返しながら、窓の外を眺めていた。寝惚《ねぼ》け眼《まなこ》で見る夜の高速道路は、現実を離れて遠い世界に旅立ってるように幻想的だった。

目が覚めるたび、親父にアオから届いていたはずの手紙について聞いた。親父は「そんなもん知るかよ」と誤魔化すだけだった。絶対に取り返してやると睨みつけては、眠りに落ちるのを繰り返していた。

空が朝焼けに染まるころ、軽トラは一軒家の前に止まった。親父は俺の頭に手を置くと「ここが、今日からお前の家だ」と遊園地に到着したような笑顔で言った。

朝の六時にインターフォンを押す。苦情一つ言わず出てきたのは、親父と変わらない歳の女の人だった。話は俺の知らないところでついていて、彼女は俺を見るなり、やっかいごとを背負い込んでしまったように溜息をついた。

「この子が、そうなの。あなたに似てないわね」

「あぁ。よろしく頼む」

辻井《つじい》未耶子《みやこ》さんと親父がどういう関係だったのかを知ったのは、もっと後のことだ。まだ親父に、友人と呼べる人がいたのに驚いたのを覚えている。

　未耶子さんは不思議な人だった。家族向けの一軒家に一人で暮らしているけれど、持っている物は呆れるほど少ない。部屋にあるのは1LDKで十分収まるくらいの家具だけだった。近くの総合病院で脳神経外科の先生をやっていて、朝早くに出て夜遅くに帰ってくる。家にいるあいだは、抜け殻みたいにぼうっとしていることが多かった。事前にどんな話を聞いていたのかは知らないけど、突然やってきた俺をあっさり受け入れてくれたところからして変わってる。

　親父は俺を下ろしてから、一人で軽トラに乗り込んでどこかに消えた。「お前とはここでお別れだ。俺は新しい人生を送る」そう言い捨てて走り去り、それ以来、会っていない。

　川音町を出るとき、俺くらいは親父の味方でいてやらないと、と思った。それが、どれだけ馬鹿げた考えだったのかに気づかされた。親父にとって、俺はただの荷物だった。人生をやり直すために、あっさり捨てられるような存在だったんだ。

　それに、あいつは俺から大切なものを奪っていった。

　アオからの手紙。あいつが隠していた手紙は、ついに取り返すことができなかった。

　別れ際、俺は親父と一つの約束をした。

けれどそれは、大人になって再会したアオに語ったような綺麗なものじゃなかった。もっと、失望と怒りによって作られた呪いの言葉だった。

それから、未耶子さんの家の居候となり、高校卒業までを過ごした。

未耶子さんは、必要以上に構おうとしなかった。かといって、うっとうしがるわけでもなく、マンションの大家のように距離を置いて接してくれた。

この未耶子さんの距離感には、かなり助けられた。

同情なんてされたら惨めになっただろうし、母親ぶられたりしたら反発していただろう。変わった人だったから、俺がしっかりしないと、と意識するようになり、グレることも落ちこぼれることもなくまっとうな青春を送れた。

化粧っけがなくて、いつも無地の服を着ていた。主食は俺が来るまではレトルト食品かコンビニの菓子パン。見かねて料理を作ると、特になんの感想も言わないまま食べるようになった。

だんだん家事は俺がするようになって、そのうち財布を預かるようになった。俺がきてから、未耶子さんはちょっと太った。

未耶子さんのおかげで、人とは少し変わっているけれど、それなりにちゃんとした学校生活を送れた。友達もたくさんできたし、勉強も楽しかった。特に美術部に入って絵を描いているときは、余計なことを考えずにいられた。

だけど、ずっと足りないものがあった。

そのせいで、どんなときも心の大事な部分が欠けているようだった。全力で笑えなかったし、全力で泣くこともなかった。毎日が、満たされていないように感じた。

理由は、川音町を出た日からわかっていた。

ここに、アオがいないことだ。

小学六年生の夏休みが終わってから、ずっと、あいつのことが頭から離れない。

明け透けな笑い声。ほんの少し生意気そうな横顔。人の話を聞くときにこっちが心配になるくらい感情移入して聞く癖。夢中になれるものを見つけた時のキラキラした表情。

似た髪形の女の人を見つけるたびにドキリとする。あいつが好きそうな雑貨を見つけるとプレゼントなんてできないのに買いたくなるし、テレビに札幌の街が映るたびに姿を探してしまう。

シゲバアに住所を教えてもらわなかったことを、毎日のように後悔した。思い切ってシゲバアの家に電話をかけてみたこともあったけど繋がらなかった。直接会いに行くことも考えたけど、川音町は子供が一人で行くには遠すぎる場所だった。

高校生にもなれば、さすがに気づいていた。

俺は、恋をしている。

ずっと、アオに、恋をし続けていた。

二度と会えないかもしれないのに。泣いてるときに駆けつけることもできやしないのに。もう、他の男の恋人になってるかもしれないのに。

でも、アオを忘れられない。

あいつ以外の女子なんて目に入らない。

仲の良かった友達に話したときは、思い出を美化してるだけだって笑われた。でも、違う。そういうこともあるかもしれないけど、俺の場合は、違う。

本当に、アオのことが、好きだった。

好きで、好きで、どうしようもなかった。

アイツにもう二度と会えないのなら、生きていても仕方ないと思えるほど、恋をしていた。

高校を卒業したらバイトで貯めた金で札幌にいって国木という苗字の家を尋ね歩こ

うとか、川音町に戻って誰かアオのことを知ってる人がいないか探してみようとか、色んな作戦を考えた。でも、どれも頭のいい方法だとは思えなかった。

世界はいつだって灰色で、心の中に土砂降りの雨が降り続いているようだった。

そんな灰色の毎日が変わったのは、高校三年の冬休みだ。

高校を卒業したら、未耶子さんの家を出ようと決めていた。これ以上、迷惑をかけるわけにはいかない。大学に進学するつもりもなかったし、慌てて就職するつもりもなかった。どこか大きな街にいって仕事を探そう。できれば、アオがいそうな街がいい。そんなことを考えていた。

晩ご飯の買い出しから帰る途中、夕焼け空が綺麗だったので、少しだけ遠回りをした。

その日はやたらと風が強くて、雲が目に見える速さで競走するように動いていた。世界は灰色に見えていても、空の色や木々の緑、朝の光や雨上がりの虹、そういったものだけは不思議と心に響いた。

俺の前には、小学生くらいの兄妹がちょこちょこと歩いていた。二人そろって風に飛ばされないように帽子を押さえながら笑い合っている。

彼らに続いて角を曲がる。そこには、建設中のビルがあった。

突如、頭上から声が響く。

危ない、という叫びに引っ張られるように見上げると、足場として組まれていた鉄パイプが、強風に煽《あお》られてゆっくりと崩れるところだった。

その真下には、さっきの兄妹がいる。

買い物袋を投げ捨てる。

ビーチフラッグスでもするように、全力で、二人に向かって跳びかかった。

こんな行動ができたのは、善人だとか勇気があるとかじゃなくて、ただ自分の人生に意味を見失っていたからだ。灰色の俺の人生よりも、この兄妹を守ることの方が何百倍も価値がある、咄嗟にそんなことが浮かんでいた。

目の前の兄妹を突き飛ばして、助けるつもりだった。だけど、俺の手が二人の背中を押す直前に、横から伸びてきた大きな腕が二人を救った。助けたのは、工事現場で働いていた青年だった。彼は、崩れ落ちる鉄パイプの真下に飛び込んできた俺を見て、せっかくファインプレーしたのになにやってんだよ、といいたげに目を見開いた。

そこで、俺の意識は途切れた。

あ、死んだ。と、思った。

人間は死ぬ直前に走馬灯を見るという。

これまでの人生で楽しかったことや辛かったこと、ほんの瞬きの間に、それらの光景が過ぎるらしい。

深い透明な海の中、沈むでもなく浮かぶでもなく、ちょうど水面の光が見えるくらいの深さでゆらゆらと漂っていた。

見上げる水面には、スライドショーのように映像が浮かんでいる。そこには、これまで過ごしてきた十八年の人生が映っていた。

でも、それは不思議な走馬灯だった。浮かんでくるのは、普通の走馬灯ならチョイスされないような些細すぎる出来事ばかり。幼稚園の先生に大金持ちになったら宝石をあげると伝えた。ツネに向かって警察官になったら制服似合わないと冷やかしにいくと笑った。未耶子さんに次の給料日にキッシュを焼いてとリクエストされた。浮かんでは消えていくくだらなすぎるシーンの数々。とても他人には見せられない。本当につまんない人生だったらしい。でも、もう少しは記憶に残るイベントもあったはずなのに。

しばらく眺めていて、気づいた。

浮かんでくるのは、すべて、約束だった。

どれだけ思い出に残っているかは関係ない。時期も重要さも関係ない。ただ、ビンゴのハンドルを回してボールを出すように、これまで人生で交わした約束がランダムに映し出される。

だんだん、笑えてきた。

なんだ、これ。くだらない約束ばっかりじゃないか。

俺、こんなにたくさんの人と約束してたんだ。

俺の人生って、こんなにたくさんの、約束でできていたのか。

ろくなことのない人生だった。母親の顔はほとんど覚えていない。子供のころからなにかあるたび親父に殴られ、いつだって腹を空かせていた気がする。川音町に引っ越してからは、さらに孤独だった。町中の子供たちにからかわれ、強がって生きてきた。未耶子さんの家に預けられてからは友達に恵まれた。いい学生生活だったかもしれない。でも、世界はずっと灰色だった。大切なものが失われていた。

こんな人生を振り返っても、大した感慨はないだろうと思っていた。

だけど、たくさんの人と交わした約束を見ていると、不思議といい人生だったように思えてくる。なんだか、色んなことがどうでもよくなってくる。

頭の中がぼんやりしてきた。ずっと同じ位置で漂っていた体が、ゆっくりと沈み始めるのを感じた。深くて暗いところに徐々に飲み込まれていく。このまま水面の光が見えないところまで降りたら、もう戻ってこれないだろう。でも、それでもいいと思った。

水面に、女の子が映った。


心臓が、跳ねた。

俺は、なにを考えてたんだ。それでもいい、わけないだろ。

小学六年の夏、俺は、あいつに出会った、あいつと、約束したんだ。

水面に浮かぶ、あの日の記憶。

肌を焼くような日差し。降り注ぐ蟬の声。空を飲み込む入道雲。二人で腰かけていたひんやりと冷たい神社の石段。サイダーの炭酸が弾ける音。最後に見た、大好きな女の子の、強がりの混じった笑顔。

遠い夏の日の、大切な約束。

「もし、お前が辛いことや悲しいことがあったとき、どうしても一人じゃ耐えられなくなったら、どこにいても駆けつけるからな」

この約束だけは、守らなきゃいけない。なにがなんでも、どんなことをしても、守らないといけないんだ。

必死でもがいた。このまま沈んでたまるか。両手両足をせいいっぱい動かす。

とまれ、沈むな。

俺には、まだ、守らなきゃいけない約束があるんだ。

どれくらいそうしていただろう。体が、急に軽くなる。

水面から、光が差していた。眩《まばゆ》い光が辺りを包む。それに吸い込まれていくようにゆっくりと体が昇っていく。


目を開けると、病室のベッドだった。

白い壁に天井、簡素なベッドに点滴スタンド、それだけの情報でここがどこか気づくには十分だった。窓から見える住宅街の屋根はオレンジ色に染まっていて、夕暮れ時ってことと、この病室が高層階にあることを教えてくれる。

「よかった。ちゃんと、目が覚めたのね」

顔を反対側に向ける。そこに、未耶子さんが座っていた。

いつも服装や髪形には無頓着な人だけど、今日は特に酷かった。くたびれたズボンにアイロンもかけずに着まわしているような皺だらけのブラウス。目元には何日もよく眠れていないような疲労が見えた。

電気もつけずに座っていたのは、寝ていたのか、ショックなことでもあったのかもしれない。そういえば、少し目が赤い気がする。

なにを聞けばいいのか迷っていると、未耶子さんは理由を教えてくれた。

「あなた、三日間も眠ってたのよ。ここに運び込まれたときは血もいっぱい出てて、大変だったんだから」

三日、か。そんなに寝てても意外と腹って減らないもんなんだな、なんてどうでもいいことを考える。

「さっき、担当の先生が、あなたはもう目覚めないかもしれない、なんて言いに来たわ。ほんとに、よかった」

未耶子さんが、家族でもない、ただの居候の俺のために泣いてくれたことを知る。長い時間、付き添ってくれたんだろう。どこか他人と距離を置こうとしているところがある人だった。だから、こんなにも心配してくれたことが意外で、嬉しかった。

「心配かけて、ごめん」

「いいのよ。あなたが助けようとした子たち、お礼を言いに来てたわ。あなたは、立派なことをしたのよ」

そう言われると、少し照れくさかった。

誰の役にも立たなかったし、余計なことをしただけかもしれない。でも、きっとまた同じ場面に遭遇したら、同じことをしてしまうだろう。

「ずっと、変な夢を見てたんだ」

なにか話さないと湿っぽくなる気がして、口にした。

もしかしたら、誰かに聞いて欲しかったのかもしれない。今、俺の胸の中で脈打っている感情が薄れてしまう前に。

「これまでの人生で交わしてきた約束が、次々と目の前に流れてきた。忘れてたものや、どうでもいいもの、ほんとに、くだらないやつも。それを見てたら、もうなんか満足しちゃって。このまま死んでもいいかなって思いそうになった」

本当にあのまま満足していたら、二度と目覚めなかったかもしれない。そんな妄想が、なぜか妙な説得力を持って頭の中にある。きっと、こんな話、誰も信じてくれないだろうけど。

「でも、違った。たった一つだけ、どうしても守りたい約束を思い出したんだ。笑っちまうかもしれないけど、好きな女の子との約束なんだ。夏休みのあいだ一緒に過ごしただけなんだけど。俺、初めてどうしても手を離しちゃいけない人を見つけた気がしたんだ。そいつとの約束を守りたいって強く思った。そしたら、目が覚めたんだ」

まるで、あの約束が俺を蘇らせてくれたみたいに。さすがにそれは、口にしなかった。自分でも、馬鹿げた話だと思う。ただ、変な夢を見ただけ。夢と現実をむりやりこじつけただけ。どこにでもある、人に聞かせたら苦笑いしか返ってこないような妄想。

だけど未耶子さんは笑わなかった。夕焼けに照らされた病室で、真剣にじっと聞いている。

「今から私が話すことも、笑い話みたいに聞こえると思う。でも、いきなりそれが起こっても驚かないように、念のために話しておくわ」

淡々としているけれど言葉の端々に丸みがついていて、医者が病状を説明するような口調だった。

「武雄《たけお》くんもね、二十六歳のとき、交通事故にあって昏睡状態になったの。そのとき、彼も同じように、これまでの人生で交わした約束の夢を見たって言ってたわ。そして、どうしても守りたい約束を思い出したら、目が覚めたって」

武雄というのは、親父の名だ。それまで、未耶子さんは俺の前で、親父の名前を出したことはなかった。久しぶりに、ロクデナシの親父のことを思い出す。川音町で孤独に過ごした日々や、不機嫌なときに殴られた血の味。最低な思い出しかなかったけれど。

「それから武雄くんは、これまでの人生で交わした、すべての約束を守り続ける体質になったの」

ほんの一瞬、脳の中を流れる電気がショートした。わけのわからない情報に戸惑う。

「……なに、言ってんの？」

そう呟いた直後だった。

窓際に置かれていた花瓶が、カタカタと音を立て始める。すぐに気づいた。微かに病室が揺れている。まだ大した地震じゃないけど、安心できない。ここからさらに揺れが大きくなることだってある。

「やっぱり、あなたもそうなのね」

正面から、どこか憐《あわ》れむような声が聞こえた。

未耶子さんは、可哀そうな生き物を見るみたいな視線を向けている。まるで、この地震がなぜ起きたのかわかっているように。それから、次になにが起きるのかも知っているように。

次の瞬間、俺の体は、病院から遠く離れた場所にいた。

近所に住んでいる小学三年生の男の子、健也《けんや》くんと約束をしていた。

町内会のゴミ掃除で一緒の班になったのをきっかけに話をするようになった。運動神経抜群の彼は、年末に開催される町内会の運動会でリレーのアンカーに選ばれた。俺は、健也くんが走るとき、必ずゴール付近で応援すると約束していた。

その日は、運動会の当日だった。俺は、病院から健也くんが走っているコースのゴール地点に飛ばされた。健也くんは、病院のパジャマに点滴姿で応援する俺を見つけて、ゴール直前で立ち止まってしまった。

すれ違う人に注目されながら、点滴スタンドを引きずって家に戻る。未耶子さんは家にいて、俺の帰りを待っていた。

それから、病室での話の続きを聞いた。約束を守り続ける体質がいったいどういうもので、これから先の俺の人生になにが待ち構えているのか。一通り説明したあとで、ついでに親父のことも教えてくれた。

「私は、あなたのお父さんと同じ高校だった。ただの友達、卒業してからは連絡も取ってなかった。それなのに、彼が二十六歳のとき、急に私を訪ねてきたの。不思議な病気になったといってね。医者になったことを誰かから聞いてたそうよ」

未耶子さんが親父との関係について話したのは、その日が初めてだった。

「なんとかしてあげようと思ったけど、どんな検査をしても、あの体質がいったいなんなのかわからなかった。あなたのお父さんは、本当に苦しんでいたの」

そういえば、親父も昔のことを話すことはなかった。ろくなことがなかったからだろうと思っていたけど、それだけじゃなかったらしい。

「あなたのお母さんと離婚したのも会社が立ち行かなくなったのも、そのせいよ。あなたに辛くあたるようになったのもそうね。色んなことがあったから、性格が屈折してしまったの。あの人、若いころは、みんなから信頼された実業家だったのよ」

「あいつが？　冗談だろ？」

俺が呟くと、どっちの親父も知っている未耶子さんは寂しそうな目をした。

今さらそんなことを言われても、同情する気にはなれない。どんな理不尽な運命だったとしても、俺には関係ないことだ。息子を殴ったり食事を取り上げたりしていい理由になるわけない。

「十五年くらい経ったころに、約束を守り続ける体質は急になくなったの。結局、私はなにもできなかった。それまでに、あの人は、大切にしていたものをたくさん失ったわ。別に、彼を許してなんていうつもりはない。あなたには、酷いことをしたもの。ただ、知っていて欲しいの。あなたのこれからのために」

「……約束を、守らなかったらどうなるんだ？」

「さぁ、わからない。武雄くんは一度も約束を破らなかったから。でも、できない約束をしようとしたり、わざと約束を破ろうとしたら、頭が割れるように痛んだそうよ」

その痛みは、それから何度も経験するようになる。初めはチリチリと頭が痺れるような痛みを感じる。それを無視したら、太いネジを頭の中に締め込まれていくような激痛に変わる。

でも、もしそんな痛みがなかったとしても、俺はきっと約束を守り続けるだろう。走馬灯の中で見た、たくさんの約束。あの温かさは、色褪せることなく胸にある。そして、約束を守り続けることが、アオとのたった一つの約束へと繋がっているんだ。

それに、なにか不思議な力によって、約束を守るという条件付きで生かされているなら……もしかしたら、約束を破ったら、昏睡状態に戻ってしまうのかもしれない。取扱説明書を読まなくたって感覚で機械の使い方がわかるように、なんとなくそう感じていた。

「あなたも、武雄くんと同じように、大変な人生を送るのね」

未耶子さんが、病室で俺を憐れむような目をしていた理由がわかる。

きっと、親父が苦しむ姿を、ずっと傍で見てきたんだろう。

だけど、向けられる感情を振り払うように笑って見せた。

「大丈夫だよ、未耶子さん。俺は今、すごくいい気分なんだ」

それは強がりでも、現実から目を背けてるわけでもない。純粋な気持ちだった。

「約束を守り続けていれば、アオと、また会えるってことだろ。俺、あいつと別れてから、それだけを願って生きてきたんだ」

あの夏が終わってから、世界は色を失ってしまった。

ずっと足りないものがあった。どんなときも心の大事な部分が欠けているようだった。

人生はいつも退屈で、毎日、心の中に土砂降りの雨が降っているようだった。

あいつに会えないのなら、生きていたって仕方ないって思うほどに、恋をしていた。

だけど、それが今、終わったんだ。

世界が色づいていく。欠けていた心が埋まっていく。

未耶子さんは、意外そうに俺を見つめていた。そんな彼女に笑みを向けたまま、晴れやかな気持ちで告げる。

「ずっと降ってた雨が、やっと上がったような気分なんだ」

土砂降りの雨が止んで、雲間から光が差す。その光の先には青空が広がっているはずだ。

こうして俺は、約束を守り続ける男になった。

それから十年、覚悟していた通り、約束に振り回される人生を送った。

高校卒業と同時に未耶子さんの家を出て、日雇いのバイトで生活費を食いつなぎ、約束を守るために日本中のあちこちに飛ばされながら必死で生きてきた。それでも、なにも持たずに過ごしていた学生時代よりは遥かに満たされた毎日だった。この日々がアオへと続いているのなら、辛いとさえ思わなかった。

それに、約束を守り続けているうちに気づくこともあった。なにげないものだと考えていた人と人との約束が、どれだけ尊くて、脆くて、ときに残酷で、ときに人の心を揺さぶる力を秘めているのか。

約束のカタチは人によって様々だった。意味のない約束、身勝手な約束、誰かのことを想う約束、色んなものがある。綺麗なものばかりじゃない。目を背けたくなるほど冷たいものもあった。それでも人は、約束を交わしながら毎日をすごす。

約束。それは、絆なんだと思う。

こうしたい。こうありたい。一緒にこんなことができたらいいな。こんな自分になれたらいいな。そういう願いをこめた、人と人とを繋ぐ一本の糸なんだ。

約束を守りながら、色んな場所を旅した。日本中に飛ばされ、そこで、たくさんの出会いを経験した。色んな景色を絵に描きとめながら、いつか約束を守り続ける男じゃなくなる日がきたら、絵に関わる仕事をしながら生きていこうと考えるようになった。できれば、あいつの傍で。

そして、やっと、アオに再会することが出来た。

その瞬間は、あまりにもいきなりすぎて、素直に感動を伝えることができなかった。部屋に飛ばされたとき、ひと目で、アオだとわかった。

それなのに恥ずかしくて、咄嗟に、ゆっくり思い出したふりをした。

泣きそうだったし、思い切り抱きしめたかった。

でも、必死に我慢した。いきなり部屋に男が現れるなんて、怖がられて当然だ。俺だと気づいてくれたとしても、子供のころと同じように受け入れてくれるかわからない。それに、今の彼女がどんな生活を送っているのかも知らない。恋人と暮らしてるかもしれないし、結婚していたっておかしくない。彼女が幸せならこのままいなくなろうなんて、冷静になればできもしないことを考えたりした。

それに、俺はこれから先も約束を守り続けないといけない。まともな仕事につけないし、いつも彼女の傍にはいてやれない。きっと、彼女と一緒に歩んでいくには相応しくない。

でも、アオはそんな俺に、また会う約束をしてくれた。

ずっと、次に会う約束を繋いでいこうと提案してくれた。俺の帰る場所になってくれると言ってくれた。そして、「俺と付き合ってくれないか」という言葉に、笑顔で頷いてくれた。

それからの二週間は、夢のようだった。

すべてが報われたと思った。

この日々のために生きてきた。

アオのことを、なによりも大切にしていこうと思った。

不安になることもあった。約束のせいで、いつどこに飛ばされるかわからない。辛いときに傍にいてやれないかもしれない。あいつをもっと幸せにできるやつがいるかもしれない。

でも、約束ができずに離れ離れになってわかった。どんな運命を背負っていようが関係ない。俺が、誰よりもあいつを幸せにしてやる。アオを、ぜったいに守ってみせる。そう、誓った。

それなのに。

ぜんぶ、これからの、はずだったのに。

アオが、死んだ。

もう、この世界のどこにもいない。

そんな馬鹿なことって、あるかよ。

鳥居の下を、冷たい北風が吹き抜ける。風に振り落とされたのか、冬のあいだ参道の木々に引っかかっていた落ち葉が舞い降りてくる。

落ち葉はゆっくりと、石段の一番上、アオがいつも座っていた場所に落ちた。まるで、そこに座っていた少女が、もういなくなってしまったことを告げるように。

ふざけるなよ。こんなの、酷すぎるだろっ。

すべて、アオのためだった。

アオと再会するために、必死で約束を守ってきたのに。

拒んでいた感情が膨らんでくる。
もう、アオはいない。
信じたくない。受け入れたくない。
でも、もうこれ以上、目を背けることはできなかった。
涙が溢れてきた。
一雫《ひとしずく》が頬を伝えば、もう後は止められなかった。次から次へと零れ落ちてくる。
体が震える。寒いのか熱いのかわからない。頭の中が真っ白で、なにも考えられない。
ただ、一つだけわかることは、
俺は、人生のすべてを失ったんだ。

＊

下北沢についたときには、空は夕暮れに染まっていた。

アオの死を受け入れた後は、もう一歩も動きたくない、このまま消えてしまいたいと思った。だけど、意識とは別に、体は動きだしていた。なにかに引っ張られるように電車を乗り継ぎ、アオと二人で過ごした町に向かった。

南口商店街は相変わらず賑わっていた。大勢の人たちが、色々な理由を抱えながらすれ違っていく。幸せそうに手を繋ぐ恋人たち、忙しそうに時計を見ながら歩くスーツ姿の男性、スーパーの惣菜が入った買い物袋を提げた学生、わがままを言う子供にうんざりした顔で付き合う父親。

でも、彼らを見てもなにも感じない。胸に巨大な穴が開いていて、悲しみだけを掬いとる網でもついてるようだった。悲しみが埋め尽くし、それ以外の感情はどこかに消えていく。目に映る景色は、俺を傷つけるためだけに存在していた。

アオと一緒に歩いた商店街、一緒に入ったコンビニ、いつも立ち止まって見ていた『駅前劇場』の看板、アオが大好きだけど高くて買えないと愚痴っていたモーブスの専門店、『餃子の王将』の匂いさえ胸を締めつける。たった二週間の恋人生活でも、下北沢の街のあちこちに思い出が住み着いている。賑やかな通りを離れ、彼女のアパートが見えたときには叫び出したくなった。

国木。入口にある名前がついたポストを目にしただけで、出尽くしたと思っていた涙が溢れそうになる。

「最近は物騒だから、ポストに名前を書かない方がいいんじゃないか」と俺がいうと

「私、学生のころ郵便局でバイトしてたの。やっぱり名前書いててくれると助かるん

だよね」と答えた。何気ない会話が蘇り、心を抉る。

階段を上って、四階。再会してから一週間記念だといってもらった合鍵でドアを開く。

アオの部屋の匂い。玄関の靴は、無造作に置かれた段ボールに詰め込まれていて、誰かが片付けにきた気配があった。

部屋に上がる。本棚の中にあった本や小物が、引っ越し準備をしているように床に下ろされていた。だけど、それ以外の家具や食器類はそのままだ。

今にも、ただいま、といってアオが帰ってきそうな気さえする。

でも、そんなことは、ありえない。

やっと、俺がこの場所に来た理由がわかる。ちゃんと確かめたかったんだ。アオは、もうこの世界のどこにもいないってことを。

膝をついた。震える両手を、床に押しつける。

ずっと、ここに来るまで我慢していた涙が溢れてくる。

いない。もう、アオはいない。

背後で、玄関のドアが開く音がした。

涙を袖口で拭いながら、振り向く。

人影に、ほんの一瞬だけ、アオがひょっこり帰ってきたような錯覚を見た。

でも、違う。背格好も髪形も雰囲気もよく似ていた。だけど、アオが全身から発している前向きなエネルギーはなくて、代わりに年齢を重ねた落ち着きが感じられた。

すぐに、わかる。アオのお母さんだ。

部屋を片付けていたのも、この人だったんだろう。

「もしかして、森久太郎くん、かしら？」

アオのお母さんは俺の名前を呼んだ。

勝手に鍵を開けて上がり込んでいたことを不審がる様子もなく、歩み寄ってくる。

近づくほどに、ちょっと釣り上がった目じりに真っ直ぐな黒髪、アオに似ているところが目につく。それから、全身に纏っている疲労から、娘を亡くして憔悴《しょうすい》しているのも伝わってくる。

質問には、頷くことしかできなかった。まだ、アオを失った痛みを言葉にして、誰かと分かち合うことはできない。名前を口にするだけで嗚咽《おえつ》が漏れそうになる。

アオのお母さんは、言葉を発しない俺に話しかけてくれる。泣いていたことに、気づいているのかもしれない。

「顔を見た瞬間に、ピンと来たわ。あの子、あなたのことをよく話していたから。アオは、子供のころからずっと、あなたのことが大好きだったの」

そこで、視線を足元の段ボールに向ける。片付けられた小物類の一番上には、大事そうにビニールの梱包材が巻かれたラムネ瓶が置かれていた。

「一週間くらい前かしらね。あなたと再会したって電話で聞いたの。すごく喜んでいたわ……会いに、来てくれたのね。ありがとう」

お母さんはそう言って、擦り切れたような笑顔を浮かべた。

それは、涙を流し尽くし、悲しみに打ちのめされ、それを受け入れた人だけが見せるもののような気がした。残された記憶や思い出、彼女が死ぬ間際までに持っていたものを振り返って、その価値を確かめることで、早過ぎる娘の死に折り合いをつけようとしているみたいだった。いい人生だった、彼女が生きていたことには意味があったと。

冗談じゃ、ない。

俺には、そんな考え方はできない。

あいつには夢があったのに。俺は、あいつに、なにもしてやれてないのに。

でも、アオのお母さんの笑顔は、持ち主のいなくなった部屋以上に、現実を突きつけてくる。

「……アオは、ほんとうに、もう、いないんですね」

「ええ。あの子は、もういないの」

これ以上、ここにいたら、また泣いてしまう。

ここで泣いてしまえば、俺の悲しみの一部は、アオのお母さんの悲しみと混ざり合ってしまうだろう。あいつの人生を、いい人生だったなんて言うのは、死んでもごめんだった。

「すみません、もう行きます」

そう言って、アオのお母さんの横を通り抜け、部屋を出て行こうとした。

「あ、待って」

振り向くと、アオのお母さんは、手に持っていたバッグからなにかを探していた。

「アオがいた芸能事務所の人から、アオ宛てに届いていた手紙を受け取ったの。でも、本当の受取人はあなただったみたい、持っていって」

差し出されたのは、白い封筒だった。

宛名は、アオを気付として、俺になっている。

裏返すと、そこには懐かしい名前が書かれていた。

辻井未耶子。高校を卒業するまでお世話になっていた人の名前だ。あの人が俺に連絡を取ろうとしてきたことなんて、この十年で一度もなかった。

アオのことは、未耶子さんに何度か話したことがあった。まさか、覚えているとは思わなかったけど。俺は住所もなければ携帯も持ってない。だからこそ、未耶子さんは、こんな方法で手紙を出したんだろう。

こんな時じゃなかったら、なにかあったんじゃないか、と焦ったかもしれない。

でも、アオを失った悲しみで埋め尽くされた心は、欠片《かけら》も動かなかった。

一人になって、近くの公園のベンチで封筒を開く。

出てきたのは二枚の便箋《びんせん》。一枚目はアオ宛てで、もし俺の居場所を知っていたら手紙を渡して欲しいと書いてある。二枚目が、俺へ向けたものだった。

あなたが以前に話していた国木アオさんを、芸能事務所のホームページで見つけました。

もし、彼女と再び巡り会えているなら、この手紙も届くだろうと思ってダメ元で書いています。これが読まれているということは、あなたの願いが叶ったのですね。

二月十六日の夜、あなたのお父さんが亡くなりました。

今さらなんだって思うかもしれないけど、あの人は、最期まで、あなたにもう一目会いたいと言っていました。時間ができたら、お墓参りに来てほしいと思ってます。詳しくは直接話したいので、電話ください。


手紙の最後には、未耶子さんの携帯の番号が書かれている。

それを読んで、最初に俺の中に浮かんできた言葉は、ふざけるな、だった。

親父が死んだ。そんなことに悲しみどころか、些細な感傷すら浮かんでこない。

相変わらずタイミングの悪いやつだ。

なんで、こんなときに。

今は、アオのことだけを考えていたい。それ以外のことなんて、ほんのわずかでも心に入ってきて欲しくない。

死ぬなら、俺の目に映らないところで勝手に死んでくれよ。誰にも知られないように、野良猫みたいにいなくなれよ。

子供のころに捨てられた怒りは、俺の中にはとっくになかった。

アオのことを想う日々に比べれば、どうでもいい感情だった。許せないことがあるとすれば、たった一つだけ。アオからの手紙を、奪っていったことだけだ。夏休みのあとに届いた手紙。あれを受け取っていれば、ずっと、アオと繋がっていられたはずだ。

そこで、気づいた。

地面が揺れていた。

なにもかも、タイミングが悪い。

でも、この力に逆らえないのはわかっていた。

約束。

アオとの約束があったから、これまで、すべての約束が大切に思えた。

でも、アオがいなくなったこの世界で、約束を守り続けることになんの意味があるんだろう。ずっと俺の中に降っていた雨を止めてくれた約束は、もうない。守り続けたって、どこにもつづいていない。

揺れが大きくなり、またどこか遠い場所に飛ばされる。

そこが天国ならいいのに、と思った。


白い壁に床に天井、空気ごと除菌しているようなツンとした臭いが鼻につく。すぐ隣にある緑色の安っぽいソファでは、看護師とパジャマ姿の老人が古いドラマの話で盛り上がっていた。話に夢中で、突然現れた俺には誰も気づかなかったようだ。

病院の廊下だった。

いったい、誰との約束なんだろう。

そこで、視界の端、俺の方を見て立ち尽くしている女性に気づく。

十年ぶりに会ったというのに、驚くほど変わってなかった。化粧っ気がなくぼんやりとした表情、あのころと同じ肩まで届く黒髪に単色のセーター。少しだけ、瘦《や》せたかもしれない。

「未耶子さん？」

高校まで俺を育ててくれた女性が、目の前に立っていた。

懐かしさが、ほんのわずかに、悲しみに包まれていた心を動かす。

「やっぱり、久太郎なのね」

「……久しぶり」

答えながら、考える。未耶子さんと、なにか約束をしていただろうか。

未耶子さんからもらった手紙は、一方的な「親父の墓参りに来てほしい」という頼み事だった。約束には、お互いの同意が必要だ。あれが約束にならないのは、これまでの経験からわかってる。

「なんだか、元気ないわね。何日も食事をとってないみたい」

未耶子さんが近づいてくる。相変わらずなにを考えてるのか読めない表情。でも、俺がよっぽどひどい顔をしていたのか、声だけは心配そうだった。

近づくと、遠目に気づかなかった変化が見えてくる。やっぱり、十年分の年齢を重ねていた。目じりに集まった皺、丸みをおびた指、髪も細くなったみたいだ。それと引き換えのように、柔らかい雰囲気が漂っていた。

「どうして、この病院にいるの？　誰かに話を聞いたの？」

「……約束で飛ばされてきたんだ。どんな約束かは、わからないけど」

そう言うと、未耶子さんは寂しそうな目をした。

「まだ、守り続けてるのね」

「あぁ。でも、心当たりがないんだけど、俺、未耶子さんとなにか約束してたかな？」

「多分、私じゃないと思うわ。こっちよ」

未耶子さんが、俺の横をすり抜けて歩き出す。久しぶりに会ったことよりも大事なことがあるみたいだ。記憶の中より少しだけ小さくなった背中についていく。

「この病院は、どこにあるんだ？」

「東京よ。浅草寺がすぐ近くにあるわ」

「なんで、そんなところに？」

「あなたのお父さん、七年ほど前から、浅草で小さなバーをしていたの。どうして、この街に落ち着いたのかは知らないけどね。口が悪いのは相変わらずだったみたいだけど、何人か常連もいたらしいわ」

「……親父は、死んだんじゃないのか？」

未耶子さんは、わずかに責めるような視線を向ける。

「あなたの気持ちはわかってるつもり。あの人は、最低の父親だった。でもね、そんな冗談を言うのは、ちょっと酷いわ」

「じゃあ、あの手紙はなんだったんだよ」

「手紙？　なんのこと？」

未耶子さんは、俺が受け取った手紙を知らないようだった。

そこで、気づく。手に持っていたはずの手紙は、テレポートと同時になくなっていた。

ほんの一瞬だけ疑問が浮かぶが、それはすぐに消える。親父が生きていようが死んでいようが、どうでもいいことだった。

「この病室よ。会ってあげて」

未耶子さんは廊下の真ん中で立ち止まると、右側にある病室に視線を向ける。個室らしく、壁についているプレートは一人分だけだった。森武雄、親父の名前が書いてある。

「もう長くないらしいわ。末期の癌で、手術もできないそうよ」

「……そうか。約束をした相手は、親父なのか」

「あの人のことだから絶対に言わないでしょうけど。本当は、あなたに会いたがってたの。あなたに、謝りたかったんだと思うわ」

あいつが、そんなことを考えるわけがない。あいつは、俺を捨てたんだ。そんな反発が浮かぶけど、今の俺にとってはどうでもいいことだった。さっさと終わらせて、一人になりたい。

未耶子さんに促されるまま、病室のドアに手をかけた。

六畳くらいの部屋にベッドが一つ。俺が知ってるよりも、ずいぶん年老いた男が横になっている。

未耶子さんは入ってこなかった。親子二人で話をしろということらしい。

「……親父、生きてたのか」

「久しぶりに会ったってのに、それか。まったく、生意気なやつだな」

相変わらず苛ついたような口ぶりだった。昔と変わらない、食べ物にもニュースにも息子にも、この世界のすべてにムカついているような声。

でも、その姿は、記憶の中とは重ならなかった。真っ白い髪、皺が濃くなった額、干し柿のように垂れ下がった頬。逞しかった体はずいぶん痩せている。やたら大きかった拳も、骨ばった指ばかりになって惨めなほどに弱々しく見えた。

「お前は、昔からそうだ。その生意気な目が、自分は一人で生きてきたっていうような野良犬みたいな目が、ずっと嫌いだった」

子供のころは、苛々した声が聞こえるたびに怯えていた。だけど今は、どこか憐れに見える。老いたからだろうか。それとも、俺が大人になったからだろうか。

「お前も、約束に呪われたらしいな」

その言葉に、当たり前のことに気づく。そういえば、親父も約束を守り続ける体質だったと知ってから、こうして話をするのは初めてだった。

「どうだ、苦しんでるか？」

親父はそう言って、皮肉るような笑みを浮かべた。自分の身に起きた不幸が息子にも起きている、そのことを喜んでいるようだった。

「約束ってのは、都合のいい言葉だろう。結局は自分の我儘《わがまま》を相手に押しつけてるだけだ。そのくせ、一度交わしたら、どいつもこいつも守られて当然だと思ってやがる」

この男の言葉で、心に小波《さざなみ》が立てられるのは不快だった。だけど、同じように約束に囚われ生きてきた人間の声を、無視することもできなかった。

これまで守ってきた約束が、一つ、また一つと浮かんでは消えていく。

「苦労して守っても自己満足なんて言われるのがオチだ。真剣に守ろうとしたやつが馬鹿を見るようにできてるのさ」

その通りだった。約束を守ったって、誰かに感謝されるわけじゃない。なにかを分かち合えるわけじゃない。白けた目で見られたり、理不尽に怒られたこともある。

「そのくせ、肝心なところじゃなんの役にも立たない。大切なものをなにも守っちゃくれない。ただ、ありがたがられてるだけの、無意味な綺麗事だ」

親父の言葉は、俺がずっと目を背けていたものだった。

約束は、なにも守ってくれなかった。アオは、いなくなってしまった。俺は、たった一つの大切なものを、失ってしまった。

でも、それでも。

胸の中に湧き上がってくる、思いがけない気持ちに気づく。

憎んでいいはずだった。親父のように無意味だと吐き捨てていいはずだった。だけど、どうしてもそう思えない。

これまで守ってきた約束たちが、悲しみに埋め尽くされていた心の片隅で光る。真冬の寒々とした浜辺で、光を跳ね返す小さなガラスの欠片を見つけたようだった。約束を守った人たちの、驚いたり、笑ったり、呆れたりした顔が浮かぶ。アオともう一度巡り会うための約束を心待ちにして生きてきた日々が浮かぶ。あいつに再会した夜、折れそうになっていた夢を支えることができたことを思い出す。

「違う……約束は、無意味なんかじゃない。自己満足かもしれない。綺麗事かもしれない。役に立たないものかもしれない。でも、無意味じゃない」

大切なものは守れなかった。もうどこにも続いていない。だけど、それは今でも、かけがえのないものだった。

「じゃあ、なんでそんなにシケた面してるんだ。なにか、最低なことがあったんだろう」

「あったよ。約束はなにも守ってくれなかった。でも、それでも、俺にとって約束は、ずっと希望だった」

アオ、ごめん。君を守ることができなかった。

だけど、それでも、約束を否定することはできないみたいだ。

「色んな人が、色んなものを約束に預けてるんだ。遠い日の願いだったり、友達との誓いだったり、曲げられない決意だったり。そういう誰かと一緒に守りたい想いの入れ物が、約束なんだ。うまくいかないことだってある、下らないものだってある。でも、それでも、無意味なんかじゃない。守られなくても、忘れられてしまったとしても、かけがえのないものなんだ」

親父はしばらく無言だった。皮肉るような笑みを消して、俺を見つめてくる。

「……やっぱりお前は、俺とは違うな。ムカつくやつだ」

それだけを呟くと、不愉快そうに黙った。

どれだけ月日が経っても、同じように約束に振り回される人生を送っていても、俺たちは理解し合うことはできない。ただ、それを思い知らされるだけの時間だった。

どうしても約束そのものを憎むことはできない、それに気づけただけでも意味はあったのかもしれない。この先、アオのいない世界でも、俺は約束を守り続けるだろう。

もう話すことはなかった。ここにいる理由は、なにもない。

背を向け、出ていこうとしたときだった。

「約束が、お前をここに連れてきたんだろう。俺は、もうすぐ死ぬのか？」

親父が、さっきまでとは変わった、弱々しい声で呟く。

約束。その言葉に、一つ忘れていたことを思い出す。そういえば、どんな約束で飛ばされてきたのか、まだ思い出せていなかった。

「……約束が、なんなのかわかってんのか」

「お前、覚えてなかったのか。あんなに勢いこんで啖呵《たんか》きったのによ」

親父はそういうと、枕元のテーブルに置いてあった手帳を開く。そこには、手紙が挟まれていた。ずっと挟んでいたんだろう、はみ出た部分だけがボロボロになって色褪せている。

「こいつを、取り返しにきたんだろう？」

手紙は全部で三通。それがなにか、見た瞬間にわかった。

この手紙が届かなかったせいで、どんな思いをしたか。

でも、もう怒りは湧いてこない。

小学校のときのアオが出した手紙を、手に取る。

受け取った瞬間、頭の中に、アオの声が蘇った。

「お父さんとの再会の約束か。それ、守れるといいね」

約束を守り続ける体質になったきっかけを話したとき、彼女は感動したように言った。

その笑顔に、俺の胸は小さく痛んだ。全部、嘘だったからだ。

本当は、アオのためだった。アオとの約束こそが、たった一つの守りたいものだった。照れくさくて、再会してすぐに打ち明けるには重すぎる気がして、口にできなかった。だから、咄嗟に思い出した父親との約束を伝えた。

アオは、眩しそうに笑ってくれた。でも、本当はそんないいものじゃなかった。感動的な部分なんて欠片もない、最低の喧嘩別れだった。


川音町から逃げ出し、俺が未耶子さんの家に預けられた朝。

軽トラから一人だけ下ろされた俺は、親父に裏切られたことを知って傷ついていた。傷つきながらも、それを受け入れ始めていた。落ち込む代わりに浮かんでくるのは、後悔だった。こんな風に捨てられるんなら、もっと早くにこっちから見放すんだった。俺だけは傍にいてやろうと思ってたなんて馬鹿みたいだ。

そんな俺を軽トラの運転席から見下ろし、親父は皮肉っぽく笑った。

「お前が何度も聞いてきた手紙だけどな、そういえば、俺が持ってた。こいつだろ」

手帳を取り出し、中に挟んでいた三通の手紙を出してちらつかせた。

「てめぇ、ふざけんなっ」

見た瞬間に叫んでいた。目の前にいれば、つかみかかっていただろう。でも、まだ小学生だった俺の手は、運転席には届かない。

「返してほしかったら、取り返しに来いよ。大人になって、金を稼げるようになったら、一通、十万で売ってやる。お前が来るまで、俺が大事に持っててやるからよ」

親父は今と違って、あの時の俺の心をかき乱す言葉を知っていた。

「ふざけんな、返せっ！」

「悔しかったら、俺を見つけてみろ。まぁ、無理だろうけどな」

「ぜったい、見つけ出してやるっ。金なんか払うかよ、ぶん殴って取り返してやる！」

「威勢だけはいいな、相変わらず。なにもできねぇくせに」

「本当だ、絶対に見つけ出してやるからなっ」

「外国に高飛びしてるかもしれないぞ」

「追いかけていって、見つけ出す」

「死んでるかもしれないぞ。借金取りどもにつかまって、海に沈んでるかもな」

「そしたら、時間を遡《さかのぼ》ってでも取り返しにいく。ぜったいだ、約束だ」

「はっ、約束かよ。面白いことというやつだな。自分を捨てる親に向かって、約束かよ。まぁ、楽しみにしててやるよ。お前のことなんか、俺はすぐ忘れちまうだろうけどな」

親父は声を上げて、馬鹿にするように笑いながらアクセルを踏んだ。

遠ざかる軽トラを睨みながら、拳を握りしめていたのを覚えている。


約束……そうか。俺が今ここにいるのは、あの日の約束を守るためだったのか。

未耶子さんからの手紙で親父の死を知って、それで、手紙を取り戻すためにこの病院に飛ばされたんだ。

頭の中で、スパークが弾ける。唐突に、俺の身に起きたことに気づく。

辺りを見回す、カレンダーも日時を表示する時計もない。

どうして気づかなかったんだろう。未耶子さんから届いた手紙を、なぜ未耶子さんが知らなかったのか。

テレビのリモコンを見つけ、電源を入れる。

昼前の情報系のバラエティ番組がやっていた。タレントたちが座るテーブルの上に、今日の日付を表示したパネルが置かれている。二月十六日。

それは未耶子さんの手紙に書いてあった、親父が死ぬ日だった。

そして、アオが爆発事故に巻き込まれた日だ。

時間が、戻っている。

親父との約束。もし居場所がわかったとき、親父がすでに死んでいたとしても、時間を遡ってでも手紙を取り返しに行く。それが、守られた。そういえば、アラスカに飛ばされたときもそうだった。約束の力は、場所だけじゃない。時間も移動することができた。

手が、震えてきた。

つまり、それはつまり。今、この瞬間、アオはまだ生きてるってことだ。

「おい、話してるってのに、いきなりテレビなんかつけるなよ」

「……親父」

手で触れなくてもわかった。目尻に、涙が溜まっている。

零れ落ちる前に乱暴に拭ってから、体ごと向き直る。

「……やっぱり、約束は、希望だったよ」

親父は、驚いたように目を見開いて、言葉を止めた。

　意外にも息子の涙を前にして、馬鹿みたいに動揺しているようだった。そういえば、親父の前で泣いたのは、物心ついてから初めてだったかもしれない。

　記憶の中にはない親父の表情を見ながら、浮かんできた言葉を、素直に口にした。

「俺は、あんたを許すことはない」

　歳をとろうが、病気で臥《ふ》せっていようが、そんなもの関係ない。過去は変わらないし、失われたものは戻ってこない。それは、どうしたって挽回できない事実だ。

「……ずっと、あんたのことなんてどうでもいいって思ってた。それでも、あんたのせいで俺の人生はめちゃくちゃになった。どうでもいいけど、許すことはない」

　親父の目が、今度は傷ついたように揺れる。

　病室に入る前、未耶子さんが言った言葉を思い出す。

　あの人のことだから絶対に言わないでしょうけど。本当は、あなたに会いたがってたの。あなたに、謝りたかったんだと思うわ。

　あれは本当だったのかもしれない。だとしたら、不器用すぎるだろ。結局、この男は、目の前の人間にかみつくことしかできない。自分の気持ちを素直に見せることができなくなった臆病者なんだ。

　最後の瞬間まで、俺たちはどうしたって相容れない親子のままだ。

でも、たった一つだけ、ちゃんと伝えたいことができた。

「だけど、あんたは今、俺に大切な人を守るチャンスをくれた。それだけは、感謝するよ」

事情はわからなくても、俺になにが起きたのかはわかったらしい。さっきまで苛立たしげに話していた男は、弱々しく呟く。

「……そうか。一つくらいは、お前になにかしてやれたのか」

どこか遠いところを見るような目を、天井に向ける。それから、失ったものを数えるような掠れた声で、相変わらずの憎まれ口を叩く。

「俺も、今さら謝るつもりなんてない。謝るっていうのは、相手が許してくれるから意味があるもんだろ。どうしたって許す気のない相手に謝るなんて無駄なことだ」

こういう風にしか人と話ができないやつなのだと、子供のころの俺は知っていたはずだった。だから、川音町から逃げるときも、こいつについていったんだ。

親父は表情を隠すように、ベッドに体を落とした。布団の中から、くぐもった声が聞こえてくる。

「でも、最後に、お前になにかできたんなら……俺には、十分すぎる。もういいだろう、さっさといけ」

何も答えずに背を向ける。許すことはない。でも、感謝はするよ。あんたの約束が、俺を暗闇から掬い上げてくれたんだ。

病室のドアに手をかけながら、ふと、思いついたことを口にした。

「なぁ、あんたが、約束を守り続けるきっかけになった約束って、いったいなんだったんだ？」

声は、返ってこなかった。

短い沈黙のあいだに、気づいた。答えなんて求めてなかった。ただ、どんな約束だったかは知らないけど、最後に思い出して欲しかった。

「いや、いいよ。じゃあな」

そのまま、振り返らずに病室を出ていく。

悪いな、親父。あんたが死ぬのを看取ってやれないかもしれない。

この病室に入ってきたときは、思いもしなかった言葉が浮かんだ。

今日の夜、あんたは死ぬ。でも、俺には、守らないといけないものがあるんだ。無事に守れたら、また来てやるからよ。

病室から出ると、廊下にかけられた時計が目に入った。

十一時半。ロケ現場で爆発事故が起きるまでは、まだ時間がある。

未耶子さんが、どうだった、と問いかけるように近づいてくる。

「親父とは、話せたよ。ごめん、俺、すぐにここを出ないと。一つだけ頼みがあるんだけど、聞いてくれるかな」

未耶子さんに事情を話して、撮影を止めるように警察やテレビ局に連絡して欲しい、と依頼する。俺の体質を知ってるからだろうか、無茶な頼みを、仕方ないわね、とあっさり引き受けてくれた。

それから、背負っていたバックパックを近くのソファの上に下ろす。大して重いものは入っていないはずなのに、ソファが小さく軋《きし》む。

「あとさ、これ、預かってくれないかな」

長らく俺と一緒に旅をしてきた相棒。だけど、今からアオを助けにいくのには必要なかった。シゲバアとの約束までは、もう他のどこかに飛ばされることもないはずだ。

未耶子さんは、頷いて寂しそうな笑みを浮かべる。

「……無事に戻ってこれたら、その子、紹介しなさいよ」

「あぁ、約束するよ」

そう答えてから、真っ白い廊下を速足で歩きだす。

ポケットには、長い時間をかけてやっと届いた手紙がある。そっと触れながら、告げた。
アオ、待っていてくれ。
そして、アオに語り掛けると同時に、自分自身にも一つだけ新しい約束をした。
もう、迷ったりしない。余計なことを考えたりしない。
必ず、お前を、守ってみせるよ。

たった一つの約束

流れる車窓の先に、特徴的な形の建物が見えてきた。

駅に隣接した高級ホテルは、周囲のビル群とは明らかに違う雰囲気を漂わせている。本物の金持ちが、服やアクセサリーじゃなく佇《たたず》まいから金持ちだって感じさせるように、遠目からでもこだわり抜いて建てられたのが伝わってくる。

都心から仕事上がりにいけるリゾート、というのが当時の宣伝文句だったらしい。その言葉通り、都内からモノレールに乗って三十分ほどで、アナウンスがホテルの名前と同じ駅名を告げる。

『東京クウィンズベイ』は、まだこれから起きる悲劇を知らず、かつての日本の繁栄の象徴のまま聳えていた。

爆発事故の記事は、繰り返し読んだ。

推理小説の探偵が辻褄の合わないところを探すように、繰り返し読めば、どこかに嘘が見つかる気がした。もちろん、ありえない希望に縋りついていただけだ。でも、そのおかげで、これから何が起きるかははっきりと覚えている。

死者七名、重傷者十二名。爆発は三回に分けて起こった。

ホテルは七階建て。V字形をしていて付け根部分にロビーがあり、そこから東棟と西棟に分かれている。

最初の爆発はホテルの西棟。何時に起きたかは記事には書いてなかった。この爆発は小規模だったため怪我人はなく、撮影スタッフの多くは爆発の直後に外に逃げ出した。被害にあったのは、ここで逃げ遅れた人たちだった。二回目はロビーの真下で起こる。この爆発は時間が書いてあった。午後二時二十五分。これによりいくつかの場所で火災が発生、東棟と西棟を繋いでいた渡り廊下も崩れ、東棟に取り残された人たちの脱出が困難になる。そこから短い時間をあけて、もっとも大きな爆発が発生し、東棟が倒壊する。写真では、一階から五階までが潰れて、その上に衝撃で崩れかかった六、七階が瓦礫と混ざり合いながら圧《お》しかかっていた。東棟から生還したのは、屋上にいたアシスタントの若い女性一人だけだった。爆発の詳細がわかっているのは彼女の証言があったからだ。アオは、この場所で死んだ。

思い出すだけで、記事を読んだときの体中の血が抜けていくような寒気が蘇ってくる。

もう、あんな想いは二度としたくない。今、ここで変えるんだ。

モノレールが駅に滑り込む。流れる視界の中で、ホームにある時計を確認する。一時三十分。最初の爆発までどれくらいの余裕があるかはわからないが、少なくとも、ホテルではまだなにも起きていなかった。

ドアが開くと同時に駆け出した。改札を抜けた正面に、豪華なホテルが待ち構えている。

そこで、異変に気づいた。

ホテルの入口から、大勢の人たちが出てきていた。V字形の根元部分にあるロビーへと続くエントランスに人だかりができている。撮影スタッフらしく、カメラや照明機材を手にしている人たちの姿も見えた。その向こうには、パトカーが一台だけ止まっていて、警察官がホテルから出てくる人を外へと誘導している。

「なにがあったんです？　撮影は？」

　人ごみの外側で退屈そうに携帯を触っていた青年に話しかける。スタッフなのか出演者なのかはわからないけど、少なくともテレビで見たことはなかった。彼は、ちょうど愚痴を言う相手でも見つけたような口ぶりで教えてくれた。

「あんた、関係者の人？　なんか、警察とテレビ局に、ここに爆弾が仕掛けられてるって電話があったらしくて、いきなり追い出されちゃったんだよ。まぁ、悪戯だと思うけどさ」

　未耶子さんが電話してくれたんだろう。たとえ多くの人が悪戯だと思ったとしても、爆弾があるという予告を受けたら警察も無視できない。テレビドラマの真似のようなシンプルな作戦だけど、想像よりも迅速に対応してくれたようだ。

　これで、ここにいる人たちはとりあえず無事なはずだ。

　辺りを見回す。全部で五十人くらいはいるだろう。それぞれに迷惑そうな表情で近くにいる人たちと話をしている。何人か見覚えのある顔がいるのは、テレビに出ている役者だろう。年配で恰幅のいい男性が警察になにか抗議をしている。あの人の顔も見たことがあった。有名な監督だった気がする。

　人だかりの中を探し回る。

でも、アオは見つからなかった。

「国木アオを知りませんか?」

手当たり次第に声をかけるけど、みんな首を振るだけだった。

「……あなた、もしかして、アオの彼氏?」

突然、後ろから声が掛けられる。

「あ、えっと、アオの恋人よね? 話、よく聞いてるから。私、アオの友達なの。木村奈津子」

話しかけてきたのは、アオと同じくらいの歳の女性だった。名前にも聞き覚えがある。いつか、アオが数少ない同志だと呼んでいた気がする。

「あいつは、どこにいるんですか?」

「それが、私も探してるんだけど、いないの。てっきりみんなと一緒に出て来てるかと思ったんだけどいなくて、携帯もつながらなくて」

「じゃあ、アオは、まだ中なのか?」

「だと、思う。他にも急に出演が決まった役者さんが一人、出てきてないみたい」

未耶子さんのおかげで被害は防げたと思ったけど、そうじゃなかったらしい。頭の中に、新聞記事の中の崩落したホテルの写真が浮かぶ。

「おい、あいつ、まだ出てきてねぇのか。たしか、三階だ。東棟の三階に入っていくのを見たぜ」

別の声が割り込んでくる。振り向くと、見覚えのある男が立っていた。髪は真っ黒で真面目な恰好をしているけど間違いない。渋谷のバーでアオの手をつかんでいたやつだ。

睨みつけると、男は慌てたように声を上ずらせて続けた。

「こないだは、悪かった。でも、これは本当だ。俺、あいつは、そのうち人気でるんじゃねぇかって思って気にして見てたんだ」

ここで、立ち止まってる時間はない。自分の直感を信じることにした。

「わかった、三階だな。あいつは、俺が連れてくる」

背を向け、ホテルに向かって走り出す。すぐに後ろから「たのんだー」というアオの友人の声が聞こえてきた。

もう二度と、あいつを失うわけにはいかない。

アオはホテルの中にいる。それなら、迎えにいくだけだ。

入口に近づくと、警察官が俺の前に立ち塞がる。さっきまで監督の相手をしていた若い男性警官だった。こっちも仕事なんだからわかってくれ、と言いたげなうんざりした表情をしている。

「下がって、ホテルには近づかないで」

両手を広げて止めようとする警官に、話しかける。

「まだ、中に人がいるんです」

「我々があとで調べますから。だから、今は外で待っててください」

「そんな時間はないんだ」

「いいから、下がって！」

若い警察官は、それ以上近づくなら実力行使も辞さない、というように睨みつけてくる。

それはこっちだって同じだ。アオを助けられるなら、あとで捕まったって構わない。

突然、横から肩をつかまれる。

「おい、久太郎じゃないか。お前、こんなとこでなにしてる」

子供のころから変わらない。威張っているような話し方だった。

大人になってから一度だけ再会した。だから、当時の面影を思い出す必要もなかった。そこにいたのは川音町のガキ大将で、なんども喧嘩した幼馴染だった。相変わらず、警察の制服は似合ってない。

「……ツネ、か？」

そういえば、大人になって再会したときに、新しい約束をしていた。その約束を駄菓子屋のおばちゃんに話したとき、そんなことあるわけないって笑われたっけ。

「もし俺が、なにか大事件に巻き込まれたら、助けてくれ」

約束が味方をしてくれた気がした。さっきまで俺を止めようとしていた警察官はツネの後輩だったようで、一歩引いて様子を見守ってくれる。

「頼む、中に入れてくれ。アオが、あの中にいるんだ」

「アオって、あのアオちゃん？　懐かしいな。お前ら、今も一緒にいるのか？」

ツネはからかうように肩を叩いてくる。まったく俺の緊張感が伝わってない。爆弾の予告も、どうせ悪戯だと決めつけているようだった。

「このホテルは、もうすぐ爆発する。信じてくれ、本当のことなんだ」

「そんなこと、言われてもな」

「本当なんだっ、時間がねぇんだよっ」

気がつくと、胸倉をつかみ上げていた。ツネはからかうような笑みを浮かべたままだが、さすがに若い警察官が止めに入ろうとしてくる。

次の瞬間、だった。

爆音が響く。一拍遅れて、突風が吹き抜ける。

爆発が起きたのは、正面のロビーより少し西側にずれた場所だった。爆発自体は地下で起きたらしく、目に見える被害は大きくない。窓ガラスの多くが衝撃で砕けたのと、西棟から灰色の土煙が立ち上っただけだ。

未来で見た新聞に書かれていた、一回目の爆発だった。場所も規模も、ちゃんと記事をなぞっている。

背後で上がる悲鳴。多くの人が悪戯だと思っていたんだろう。

「……本当、なのか」

目の前の警察官も、信じられないように口を開けている。

「これで終わりじゃない。次は、ロビーの下で大きな爆発が起こるはずだ。アオはまだ、三階にいる」

「……わかったよ。その代わり、後で事情を聞かせてもらうぞ」

ツネは短く言うと、胸倉をつかんでいた俺の手を振り払う。川音町で子供たちのリーダーをしていたときを思わせるような口ぶりで、後輩に向かって一方的に告げた。

「おい、ちょっと中に入ってくる。まだ残っている人がいるそうだ。こいつが、場所を知ってるらしいから連れてく。お前はここで待機して、後続が来たら説明してくれ」

若い警察官は眉をひそめるが、彼が反論するより先に、ツネはホテルに向かって早足で歩き出した。

「お前も来るのか。いったろ、爆発が起きるって」

走って追いかけながら、声をかける。

「民間人だけでいかせられるわけねぇだろ。それにな、俺は、川音町にいるころ、ずっとお前に苛立ってたんだ。酷い親父で、他のやつらもお前のことを馬鹿にしてて、なのにお前は一人で片意地張ってた。馬鹿にすればするほど、俺の方が見下されてるような気がした。でも、俺はずっとお前をのけ者にしてた。なぜかわかるか」

「知らねぇよ、んなこと」

「俺は、お前から、助けてくれって言葉を聞きたかったんだよ！」

川音町で過ごした子供時代を思い出す。

ツネは町の子供たちのリーダーで、俺といつも対立していた。たまに隣町のやつらと喧嘩するときに協力することもあったけど、それはあくまで一時的なものだった。だけど、どこかで不思議な絆のようなものを感じていた。

その理由が、わかった気がした。不器用だけど、こいつはこいつなりに俺のことを見ていたんだ。孤独だった子供時代の記憶に、少しだけ色がついたような気がした。

「じゃあ、今、助けてくれ」

「ははっ、やっと聞けたな」

半開きのまま固まっている自動ドアの隙間を、すり抜けるようにして中に入った。

ロビーは外観に負けないほど豪華な造りだった。座布団みたいに分厚い絨毯、ゴールドの飾りが全面にあしらわれたフロント、置かれている家具から照明器具まで、どこからも嫌味なほどのこだわりが見えてくる。

見上げると、はるか上にガラス張りの天井があった。最上階まで吹き抜けになっていて、ずっと見ていると空に落ちてしまいそうな錯覚に陥る。吹き抜けを横切るようにして、何本かの渡り廊下が交差するようにかけられている。まるで、神話に出てくる空中の回廊みたいだった。

さっきの爆発の衝撃で窓ガラスが割れたり物が転がったりしているが、まだ建物自体に大きな損傷はなさそうだった。

ツネは辺りを見渡しながら、照れくさそうに付け足した。

「それに、約束しただろ。お前が、なにか事件に巻き込まれたら、力を貸してやるって」

「覚えてたのか、あんな約束」

ほんの一瞬だけ、小さく笑みを浮かべ合った。川音町にいた頃、一緒に隣町のやつらと喧嘩をしにいく前のように。

大きく息を吸ってアオの名前を呼ぶ。数秒待つけど、返事はない。アオの友達は携帯も繋がらないと言っていた。なにか、動けない事情があるのかもしれない。

「駄目みたいだな。で、アオちゃんはどこにいるんだ？」

「東棟の三階って聞いたけど、そういや、どっちが東だ？」

「お前、頭の中はガキのまんまだな」

ツネが右側に走り出す。すぐに、警察官の背中を追いかけた。

ホテルは東棟と西棟と呼ばれる二つの建物を、V字の付け根にあるロビーで繋ぎ合わせたような構造になっている。ロビーの吹き抜けが二棟を分断しているが、偶数階にだけ、東西の建物をつなぐ渡り廊下がかけられて行き来できるようになっていた。

エレベーターもあったが、事故の時は使わないのが鉄則だ。それに、そもそも電気も来ていない。ツネは迷わず、ロビー脇にあった階段を駆け上がる。

階段を上りながら、壁にかけられている案内表示を見る。二階は客室、三階はイベントホールになっているらしい。

二階と三階のあいだの踊り場にさしかかったところで、異変に気づいた。三階から黒煙が流れてくる。なにかが燃えている音と、木が焦《こ》げる臭いもする。

「アオっ！」

思わず叫んだ。ツネを追い越して、三階のフロアに出る。

そこには、最悪の景色が広がっていた。

三階にはイベント用のホールが並んでいた。手前には大勢で食事ができるような部屋がいくつか続き、一番奥には結婚式やパーティができるような大広間がある。煙が出ているのは、一番奥の大広間だった。

「ツネ、お前は手前から探してくれ。俺は、一番奥からいく」

「わかった、気をつけろよ」

ツネと別れ、廊下の突き当たりのホールを目指す。

入口の扉は開け放たれていた。駆け込むと、だだっ広い空間が出迎える。

椅子やテーブルはすべて運び出されたようで、広い空間にはなにもなかった。足元に、ドラマの撮影用に準備していた機材と、割れた窓ガラスの破片が散らばっているだけだ。

その広間の真ん中で、炎がゆらめいた。

なにか可燃物でもまかれていたように、絨毯の上を曲がりながら炎が伸びている。火が中央でホールを区切っているようだった。

奥の方は、煙で視界がふさがれている。見える範囲にアオの姿はなかった。

すぐ近くから、うめき声がする。

入口の壁にもたれるようにして、中年の男が倒れていた。背中を強く打ったようで、あえぐように息をしている。腰には大きなガラスの破片が深々と刺さり、周囲には血だまりが広がっていた。

「大丈夫ですか？」

近寄り、意識を確かめる。男は目を開けると、俺の腕を、しがみつくようにつかんだ。

「……こんなつもりじゃ……なかったんだ。ただ、俺は、あいつを困らせたかっただけなんだ。こんなことをするつもりじゃ」

男の目はどこか虚ろだった。受け入れられないことが起きて、パニックになっているようにも見える。

そして、彼の呟きは、一つの事実を指し示していた。

「あんたが、やったのか」

「ち、違う、俺はただ……もっと」

「アオはどこだ、国木アオはどこにいるっ」

意識を失いそうになったので、胸倉をつかみ上げる。このまま倒れられてたまるか。

男は、気怠そうな仕草で腕を持ち上げた。その指先は、火の向こう側を差していた。

広間の奥、あの揺らめく火の向こうにアオがいる。もう、迷いはなかった。

「おい、久太郎っ、こっちは誰もいなかったぞ」

後ろからツネの声が近づいてくる。振り返りもせずに、告げた。

「この人を頼む、こいつが多分、犯人だ。怪我してる、すぐ外に連れ出さないとマズい」

「本当かよ。なあ、あんた、大丈夫か？」

男の傍にしゃがみこんで状態を確認する。ツネも、すぐに応急処置をしないと命に関わると判断したらしい。眉を思いっきり寄せた表情で俺を見上げた。

「くそっ。確かにこれ、マズそうだな」

「アオは、この広間の奥にいるらしい。俺が連れていく。だから、この人を連れて先に出てくれ」

言うと同時に駆け出した。

「え、おい、待てっ！　ふざけんなっ！」

後ろからツネがなにかを叫んでいるが、もう立ち止まることはできない。悪いな、と幼馴染に謝ってから、目の前に意識を集中させる。

火の勢いが弱い場所をめがけ、煙を吸わないように腕で口元を押さえながら跳び越える。

怖くないわけじゃない。だけど、アオを失うよりも怖いものなんてなかった。

熱いのは一瞬だった。すぐに、俺の足をふかふかの絨毯が受け止めてくれる。火は広間を区切るように中央で燃えているだけで、奥の方にはまだ回ってない。

体は、動く。呼吸もまだ苦しくない。火傷《やけど》くらいしたかもしれないが、今は気にならない。

辺りを見回し、部屋の隅で倒れている人影を見つけた。

目に入った瞬間、血が沸騰した。内側から突き動かされるように、考えるよりも先に体が動く。

そこに倒れていた人影を、見間違えるはずがない。

彼女のために、ここまできたんだ。彼女のために、ずっと約束を守り続けてきた。

駆け寄って、抱え起こす。

「アオっ、しっかりしろ」

頬には煤《すす》がついて黒ずんでいた。剝き出しの手足には擦り傷ができていた。だけど、体はまだ温かい。生きていてくれ。応えてくれ。

必死で名前を呼ぶ。

何度か声を掛けると、アオは小さく目を開けた。小さな声で「久太郎？」と呟く。それから、弱々しい咳を何度かして、ゆっくりと右手を持ち上げる。すぐに握り返した。あの日、繋げなかった手。最後に別れた瞬間から、やり直そうとするように。

アオが、生きてる。生きて目の前にいる。

抱きしめた。火災が発生したときの対応はこれまで警備や建築現場のバイトで何度も教わった。だけど、ぜんぶ頭から吹き飛んでいた。アオがここにいる、それを全身で確かめないと、動けそうにない。

アオが着ていた服は、今まで見たことのない白いトレンチコートにぴたっとしたパンツだった。きっと、演じるはずだった役の衣装なんだろう。抱き寄せると、真新しいコートの匂いと煙の臭い、それに混じって、真夏のオレンジのようなアオの匂いがした。

もっと力を入れて抱きしめたい衝動を、なんとか押しとどめた。両腕を緩めて、体を離す。アオの体を確認する。擦り傷は何ヵ所か目につくけど、酷い怪我はなさそうだ。火傷も見当たらない。

「無事か、どこか痛いところは？」

「……ない、平気だよ」

「とりあえず、ここから離れよう。立てるか？」

まずは火から離れることと、新鮮な空気が必要だった。

アオは頷いて立ち上がろうとする。でも、ふらついて倒れそうになった。煙を吸い込んでいるらしい。少し息を止めてろ、と告げてから肩を貸して歩き出す。

ホールの奥はガラス張りになっていて、その先はバルコニーだった。

背後の火は勢いを増している。草食動物の群れが草を食《は》みながら前進するように、カーペットの上をじわじわと広がっていた。俺が跳び越えてきた場所も炎が分厚くなって通り抜けられそうにない。今のアオの状態を考えても、階段の方に戻るのは危険だった。とりあえず、バルコニーを目指す。

外に出ると、アオはあえぐように息を吸った。しばらく深呼吸を繰り返して、ようやく落ち着いたように長く息を吐き出す。

「うん。ちゃんと、感覚、戻ってきた。大丈夫そう」

いつもの、元気なアオの声が聞こえる。

「無理すんなよ。体に酸素が行きわたるには時間がかかる。ゆっくり、深呼吸しろ」

「意外と、理系っぽいことも知ってるんだ。体力だけかと思ってた」

「うるせぇよ。俺だって、色々と経験してんだ」

アオは小さく笑う。それから、背中に回していた俺の手を払いのけるようにして振り向くと、今度はアオの方から抱き着いてきた。

「怖かったぁ」

絞り出すように耳元から聞こえてきた声は、小さく震えていた。

俺も、彼女をもう一度、抱きしめた。

アオは知らない。別の未来で、あのまま死を迎えるという現実があったことを。よかった。今度は守れた。ちゃんと、ここにいる。

涙が溢れそうになるのを、必死で堪えた。少しでも泣いたら、きっと止められなくなる。

「私ね、意識を失う前、ずっと久太郎の名前を呼んでたの。そしたら、本当にきてくれるんだもん。びっくりした」

アオの声は、少しずつ落ち着きを取り戻していた。声の震えも収まってくる。

体を離してから、背後を振り返る。火はさらに勢いを増していた。バルコニーに迫ってくるまで、そう時間はなさそうだ。

「携帯電話は、持ってるか？」

「ごめん、ないの。あの火の中」

「そっか。でも、大丈夫だ。俺たちがここにいるのは、わかってるはずだから」

バルコニーからは、外に避難している人たちが見えた。きっと、ツネはもうあの場所に戻っているだろう。ホテルのエントランスに並んでいるパトカーは四台に増えているが、まだ消防車両は到着していない。

「でも、このままじゃ救助がくるより先に、火にやられそうだな。なんとかして、ここから逃げる方法を考えないと」

辺りを見渡す。そこまで広いバルコニーじゃない。結婚式の最中に二人で記念撮影ができるくらいの申し訳程度のスペースがあるだけだ。ホール全体に炎が広がったら、このバルコニーも火に包まれるだろう。

非常用の梯子《はしご》やロープのようなものも設置されてない。跳び移れるような場所もなかった。いや、見上げると、四階にも同じようなバルコニーが突き出ている。フェンスの上にのって跳べば、なんとか四階のバルコニーの柵をつかんでよじ上れるかもしれない。でもそれは、最後の選択肢としてとっておく。

「時計は、持ってるか？」

腕にしていた時計を見せてくれる。これも衣装なんだろう、アオが自分では買いそうにない可愛らしい文字盤だった。午後一時五十五分。

「まだ、なにか起きるの？」

「爆発は、さっきので終わりじゃない。二時二十五分に、次の爆発が起きる」

「なんで、そんなことわかるの？」

「それは……後で、話すよ」

「今、話して。そもそも、久太郎はどうやってここに来れたの？　私たち、次に会う約束はできなかったのに」

どこか寂しそうな目だった。その表情に、子供のころを思い出した。家のことや親父のことを聞かれるたび、そんなのいいだろ、と誤魔化した。そのたびに、アオは今と同じ目をしていた。俺が背負っているものを一緒に背負えないことへの憤り。だけど、今はあのときとは違う。目の前にあるのは、俺たち二人の問題だ。

「私、もう大丈夫だから。ちゃんと話して。どうせ、今は他にできることはないでしょ」

強がるように笑いかけてくれる。俺がずっと好きだった、いつもの国木アオだった。もう気遣って隠す必要はなさそうだ。できるだけ短い言葉で伝える。

俺がいったん未来を見て戻ってきたこと。今からこのホテルが爆発すること。そして、アオが事故で死んでしまう別の未来があったこと。

「そっか。やっぱり、私が死ぬはずだったから、久太郎と次の約束ができなかったのか」

「でも、こうして助けに来れた。もう大丈夫だ。なにがあっても、お前を守ってみせる。約束だ」

「うん、約束ね」

約束。その言葉を聞いて、アオは安心したように笑った。

一度、死んでしまう未来があったと知ったばかりなのに。俺の体質なんて関係なく、約束という言葉そのものが、アオにとっては特別な魔法のようだった。

「久太郎……これから先、どうなるかわからないから、話しとくね」

アオが背後を振り返る。火はバルコニーまであと一メートルくらいに迫っていた。

「前に、私が札幌にいってから出した手紙のこと話したの覚えてる？　久太郎には届かなかったんだよね」

言いながら、顔を外に向ける。そこには、海を挟んで東京の街が広がっている。その会話を交わしたのは、一緒に吉祥寺を歩いたときだ。もうずいぶん昔のような気がする。

「……あの手紙に、私がなにを書いていたか、教えてあげる」

「それなら、ちゃんと受け取った」

「え?」

「親父に会ったんだ。そのときに、親父から渡された。あのころのアオの気持ちは、ちゃんとわかってるよ」

「……そっか。ならよろしい」

アオは、照れくさそうに笑った。頬についた煤が、さっき抱き合ったときに擦れたのか黒くのびていた。その笑顔が可愛らしくて、ほんの一瞬だけ今の状況を忘れることができた。

「アオ……これ、今のうちに渡しとくよ」

病院を出るときバックパックから取り出して、ジャケットのポケットに忍ばせていた厚紙を手渡す。

「約束しただろ。手紙を受け取ったら、お気に入りの場所を描いて返すって」

それは、アオと再会してから、暇な時間を見つけては描いていた絵葉書だった。ここに来るまで、ずっとポケットに入れていたせいで周囲はボロボロになっている。でも、絵の仕上がりには、自信があった。

アオは葉書をひっくり返す。そこに描かれていた景色を見て、吹き出した。

「川音町じゃ、ないじゃん」

　それは、二人でいった井の頭公園の風景だった。池にかかる橋、その上にアオがいて、振り向きながら笑っている。

「お気に入りの場所を見つけて絵を描くって、約束だっただろ」

「そっか……そうだったね。うん、ちゃんと受け取った」

　アオは、照れくさそうにコートの胸ポケットに仕舞う。

　背後を振り返ると、火はバルコニーの近くに迫っていた。もうそろそろ、覚悟を決めないといけない。

　アオの肩をつかんで告げた。

「いいか、よく聞いてくれ」

「このままじゃ、救助がくるより先に火にまかれる。逃げ場所は、一つしかない。フェンスに登って、上の階にジャンプする」

「ちょっと待って。あんなとこまで跳べるわけないよ」

　バルコニーのフェンスは、俺の手の平より細い。ここに立つだけでも、かなり勇気がいる。さらに上にジャンプするなんて普通は無理だ。

「でも、やるしかないよね。これができたら、アクション映画にもスタントなしで出れるかな」

　だけど、国木アオは普通の女じゃなかった。怯えを覆い隠すように、無理して笑って見せる。

次の瞬間だった。

微かな地震が、バルコニーを揺らす。

それは爆発の余波じゃなかった。俺にとっては、すっかり体に馴染んでいる合図だった。

どこかで約束があり、それを守るためにテレポートをさせられる直前の揺れ。このタイミングで約束なんてなかったはずだ。でも俺は、十年間、この揺れに振り回されてきた。間違えるはずがない。

「久太郎、また、いなくなるの？」

アオが、不安そうに見つめてくる。

約束は、また俺の邪魔をするのか。

大切なものを、守らせてくれないのかよ。

「でも、よかった。これで、久太郎は助かるかもしれないね」

アオはそう言って、安心したように笑いかけてくれる。

駄目だ、そんなの駄目だ。

思わず、アオを抱きしめた。もし、どこかに飛ばされるなら、アオも一緒に連れてってくれ。

十年も約束を守り続けてきた、そんな都合のいいことは起こらないのはわかりきっている。どんなに祈っても、飛ばされるのは俺だけだ。だけど、祈らずにはいられなかった。

アオも俺の背中に手を回してくれる。

この温もりをまた手放すなんて、耐えられない。


地震が止まった。


腕の中には、変わらずアオの温もりがある。

どこにも飛ばされてない。アオと一緒に、炎が迫ったバルコニーに立っている。

なにが起きたのか、理解が追いつかない。まるで俺の祈りを聞き届けてくれたように、約束が途中で消えてしまった。

「どこにも、飛ばされなかったみたいだね」

「あぁ。こんなこと、今までなかったのに」

背後で徒競走のピストルのような音がした。振り向くと、バルコニーの入口が炎に包まれていた。窓ガラスが割れ、火が噴き出ている。このままだと、今いる場所もすぐに炎に包まれるだろう。

「もう、限界みたいだね」

「アオ、いけるか？」

「それしか、ないでしょ！」

アオはフェンスによじ登ると、俺が補助をする間もなく、思い切りジャンプした。かろうじて、右手が四階のバルコニーにかかる。

「よしっ、待ってろ。そのままだ」

俺もフェンスに登って、四階に向かって跳ぶ。バルコニーの縁を、左手でつかんだ。

後はよじ登って、アオを引っ張り上げるだけだ。

眼下で轟音が響き渡る。下を見ると、さっきまで俺たちがいた三階のバルコニーが炎に包まれていた。あと少し跳ぶのが遅かったら。目の前を通りすぎていった死に、背筋が冷たくなる。

突然、風が吹いた。

体が横に振られるのを、なんとか腕に力を入れて耐える。大丈夫か、とアオの方を振り向く。

そこで見たのは、アオの手が、バルコニーの縁から滑り落ちる瞬間だった。

「アオっ！」

叫ぶと同時に、右手を伸ばす。

なんとか、アオの手をつかむ。と同時、左手に痛みが走った。バルコニーの縁に指をかけた左手、そこに、俺とアオの体重がぶら下がっているんだから当然だ。

アオを捕まえることはできた。だけど、落とさないようにするだけで精一杯だ。持ち上げようと力をこめるが、腕が上がらない。

「ごめん、久太郎……ちょっとドジしちゃった。私、もう――」

「ふざけるなっ！　言ったろ、俺が、お前を助けるんだ！」

下から聞こえてきたアオの声に、思い切り叫び返す。でも、つかんだ右手から、だんだんアオの力が抜けていくのがわかった。絶対に離すかと、握りしめた右手に力を込める。

と、その時だった。

上から大きな手が伸びてきて、俺の肩をつかんだ。そのまま、アオごと持ち上げる。

「おい、久太郎、大丈夫か!?」

四階のバルコニーに引き上げられてから、声を掛けられた。

俺とアオの二人を引っ張り上げたんだから、ただ者じゃないのはわかっていた。雪焼けした顔を見て納得する。

「修司さん、どうしてここに？」

藤岡修司、最近、厳冬期のデナリ単独登頂で注目を集めた登山家だ。そして、ビル清掃バイトをしていたときにお世話になった先輩でもある。

「それは、こっちが聞きてぇよ。いったいどういうことだ。さっきまで山に登ってたんだよ。なんで、気がついたら、こんな火事の現場にいんだよ。なんだよ、これ」

確かに、修司さんは冬山登山の恰好だった。ゴツい登山靴にアルパインウェア、帰国したばかりなのに、どこか国内の山に挑んでいたんだろう。もしかしたら、お父さんに報告しに、阿弥陀岳に登っていたのかもしれない。

修司さんがここにいる理由は、とっくに気づいていた。デナリで会った日に、約束したからだ。

「俺の手助けが必要になったら、どこにいたって駆けつけてやるよ。お前が俺を助けてくれたみたいに、ピンチに颯爽と現れて消えてやる」

　さっきの地震は、俺をどこかに飛ばすためじゃなかった。

　この約束を守ってもらうために、修司さんを連れて来てくれたんだ。

「理由は後で話します。とりあえず、ここから出ましょう。それでいいですか？」

　修司さんは不満そうな顔をしたけど、外から聞こえてきた消防車のサイレンの音に気づき、しぶしぶ頷いてくれた。

「まぁ、お前には借りがあるしな。言う通りにしてやるよ」

「ありがとうございます」

「で、もしかしたら、その子が、ずっと片想いしてたって子か？」

　修司さんが、アオに視線を向ける。アオはいきなり話を振られて、だいたい状況が飲み込めたようで、照れくさそうに笑う。

「余計なこと言わないでください。本当に、時間ないんです」

　ほっとくといつまでも茶化されそうなので、真剣な表情で告げる。

　そこで、また地震がやってきた。

　修司さんの体が、空気に溶けるように薄くなっていく。

「おい、今度はなんだよ。また、どっか連れてかれるのか？」

　どうやら、約束を守ってくれた修司さんを、今度は元の場所に返そうと力が働いているらしい。颯爽と現れて消える、その約束を終わりまで律儀に守ろうとするように。

「なんかよくわからねぇけど、落ち着いたら、ちゃんと事情、聞かせろよ」

「はい。約束です」

逞しい笑みを浮かべたまま、修司さんの姿は掻き消えた。

ほんの短い間、大好きな先輩が消えた場所を見つめる。

「俺、これまで、ずっと約束を守ってばかりだった。でも、守ってもらうのって、嬉しいもんだな」

ツネがホテルに入るのを手助けしてくれたこと、修司さんが俺たちを助けてくれたこと。大切な人たちが、無理をして俺のために約束を守ってくれた。果たされた約束が、胸の中でキラキラと光っている。

「当たり前でしょ。だって、約束はどちらかが一方的にするものじゃない。守ったり守られたりするものなんだから。お互いがフェアじゃないと、きっとそれは、約束じゃないんだよ」

アオの言葉が、また一つ、新しい輝きを加えてくれた。

ずっと約束を守ってきた。約束を守る立場に慣れ過ぎていた。でも、守るばかりが約束じゃない。そんな当たり前のことに、やっと気づく。

四階はジムとして使われていたようだ。下の大広間と同じくらい開放的な空間に、運び出されず取り残されたランニングマシンが数台残っていた。それを横目に通り過ぎる。

偶数階には、ロビーの吹き抜けにかかる渡り廊下があったはずだ。火はこの階まで回ってきていない。爆発までは、もう少し時間がある。西棟に渡ることができれば、ひとまず安心だ。

フロアを抜け、ロビーの吹き抜けまで戻ってくる。目の前に、西棟と東棟を結ぶ渡り廊下があった。

隣を歩くアオが腕時計を見せてくれる。まだ、七分残ってる。

ここを渡れば、もう大丈夫だ。

そう、思った直後だった。

爆音がホテルを揺るがす。

ロビーの真下だった。突き上げるような衝撃と同時に、地下から灰色の煙が噴き上がってくる。

アオが悲鳴を上げる。咄嗟に、庇うようにして覆いかぶさった。

爆発は、すぐに収まった。砂埃のような煙が、徐々に床に落ちていく。

晴れてきた視界の先には、絶望的な光景があった。

西棟と東棟を繋ぐ渡り廊下が、崩れ落ちていた。巨大なハンマーで叩き割られたように真ん中がなくなってる。

吹き抜けのロビーに歩み寄る。見下ろすと、豪華なロビーは瓦礫の山に変わっていた。降ってきた渡り廊下の破片が、将棋崩しの駒のように乱雑に散らばっている。

見上げると、六階にあったもう一本の渡り廊下も同じように壊れていた。西棟へ渡る道は、どこにも残ってない。

「なんでだ……まだ、時間になってないはずだ」

目の前にあった希望が崩れ落ちる瞬間を見せつけられ、茫然と立ち尽くす。

「でも、まだラッキーだったね。渡り廊下を歩いている途中で今の爆発があったら、確実にダメだったよ」

背後から聞こえてきた言葉に、心がふっと軽くなる。アオらしい、とても俺には見つけられない発想だった。

「相変わらず、前向きだな」

「プラス思考じゃなかったら、十年も夢を追っかけてられないよ。さあ、こっからどうする？」

アオの言う通りだった。立ち止まってはいられない。

三階へと下りる階段は、踊り場までが火に包まれていた。エレベーターも使えない。もう階下に下りる方法は残ってなかった。

「ここから下りるってのも……さすがに無理だね」

アオが吹き抜けを見下ろしながら呟く。ロープでもあれば下りれたかもしれないが、使えそうなものは見当たらない。

もう、選択肢は一つしかなかった。

「屋上にいこう」

「え、でも、東棟は爆発で崩れちゃうんでしょ？」

「あぁ。でも、屋上に逃げて無傷で助かった人がいた。爆発のとき、その人がいた場所は憶えてる。それよりも問題は時間だ。ロビーの爆発の時間が、俺が読んだ新聞記事の時間とずれてた。おそらく、俺たちの行動で、爆発するタイミングが変わったんだ」

未来で見た新聞では、最後の爆発は、ロビーの爆発からしばらくして発生としか書いてなかった。二回目の爆発の時間がずれていたってことは、最後の爆発のタイミングもずれる可能性があるってことだ。いつ爆発するのか予想もできない。

「わかった。信じるよ」

「怖いか？」

「怖いけど、久太郎がいるから、平気」

アオはそう言うと、アクション映画のクライマックス、敵のアジトに乗り込む直前のように、強気に笑ってみせた。

階段を上って、屋上を目指す。

屋上は『空のプール』と呼ばれていたらしい。階段の出口に掲げられていたプレートの横を抜けて屋上に出ると、想像よりも豪華で独創的なプールがあった。白い大理石でできていて、真ん中の部分がくびれた瓢簞《ひょうたん》みたいな形をしている。プールサイドに敷き詰められたモザイクタイルには所々にカラフルなクリスタルが埋め込まれていて、宝石のように輝いている。

プールサイドからは、『空のプール』の名前の通り、展望台のように景色が見渡せた。

東京湾には、ミニチュアのような船が行き交っている。海の向こうには、東京の高層ビルが見える。東京スカイツリーに新宿の都庁、俺でも名前がわかるような有名な建物がすぐに見つけられた。

プールを通り抜けると、ヘリポートがあった。四角い土台の中央には、大きくHのマークが記されている。

「……あそこだ」

アオの手を引いて、ヘリポートの上に登る。

約束は時として、人を導く言葉として使われる。

約束の地、約束された未来。人の手から離れた大いなるものに導かれることを、約束と呼ぶ。

未来で読んだ記事。そこに書かれていた生存者が立っていた場所。東棟の崩落に巻き込まれ、たった一人だけ生き残った女性は「ヘリポートのちょうど真ん中に立っていた」と答えていた。

それはまるで、約束された場所に導かれているような感覚だった。

「……ここが、そうなの？」

アオは言いながら、ヘリポートの真ん中で立ち止まって空を見上げる。それから、どうでもいいことを思いついたように笑う。

「なんか、昔のプロモーションビデオってよくヘリポートにいたよね。あれ、なんでだったのかな？」

「知らねぇよ。それ、今言うことか？」

そう言って笑いかけようとして、気づいた。アオの手が、震えていた。

川音町の夏祭りで中学生に囲まれたとき、先生を呼ぶ演技で助けてくれたのを思い出す。あのときも、こんな風に震えていた。

当たり前のことに気づく。これから崩壊する建物の屋上にいるんだ。怖くないわけがない。

でも、彼女は、俺の言葉だけを信じてここにいてくれる。

なにか、話さないといけない気がした。

次に、いつこうして話せるかわからない。いや、こんな時間はもうないかもしれない。

ずっと、この十年間、再会したら伝えたいことを考えていた。再会してから二週間、まだその百分の一も伝えきれてない。それなのに、言葉がでてこない。これが最後かもしれない、そんな嘘みたいな現実に怯えてるのは、俺も同じだった。

「なぁ、さっき、親父に会えたって言ったろ」

やっと口から出たのは、大嫌いなはずの親父のことだった。

「うん。約束を守り続けるきっかけになった、たった一つの約束、ちゃんと守れたんだね」

「あいつ、約束なんて、互いに都合を押し付け合ってるだけだって言いやがった。がんばって守ろうとしたって無意味だって。ただの自己満足だってさ」

「きっと、お父さんは、辛い約束をしていたんだよ。約束ってさ、誰かを信じる分だけ、破られたり忘れられたりすると、ただ裏切られるよりも深く傷つくこと、あるんだよね。でもそれは、約束が悪いわけじゃない。人が変わってしまうの」

寂しそうに呟く。アオの近くにも、約束によって追い詰められた人がいたのかもしれない。

「俺も、今なら少しだけわかる。約束ってさ、結局、ただの自己満足でしかなかったりするんだよな」

アオが、意外そうに振り向く。隣に立つ恋人の手は、もう震えていなかった。そっと、どちらともなく指先を触れ合わせる。小さな手は、俺より少しだけ冷たかった。そのわずかな温度差が、どうしようもなく愛おしい。

「これまでたくさんの約束を守ってきた。色んな約束があった」

大切な人との約束もあった。修司さんと約束していたおかげで、あの人を氷の中から助け出すことができた。くだらない約束もあった。警察官になったツネの制服姿をわざわざ笑いにいったりしたっけ。懐かしい約束もあった。駄菓子屋のおばちゃんにお礼を言えたのはすごく嬉しかった。これまで、数えきれない約束を交わしてきた。数えきれない約束を守ってきた。

「でも、一つだけ、すべての約束に共通してることがあるんだ」

目を瞑り、これまでの約束たちを思い出す。

すべての約束が、クリスマスツリーのオーナメントのようにキラキラと輝いている。約束のない人生は、ただの一本のモミの木だ。たくさんの約束が俺の人生を彩ってくれた。

「それは、一人じゃできないってことだ。相手がいて、初めてできるんだ」

アオの手を握る。すぐに握り返してくれる。一人じゃないと伝え合うように。

照れくさくなって、視線を逸らした。その先にある空は、今、俺たちが置かれている状況なんて素知らぬ顔で澄み渡っている。

「人は一人じゃ生きていけない。だから、約束が必要なんだ。たった一人で涙をこらえる日もある。大切な人と離れ離れにならないといけないときもある。世界から無視されているような孤独を感じる夜もある。そんなときに、誰かの代わりに傍にいてくれるのが、約束なんだ」

俺の支えになってくれたのも、ここまで連れて来てくれたのも、あの夏の日に交わしたアオとの約束だった。

「約束ってさ、誰かと繋がっていたいっていう気持ちなんだと思うんだ」

「そっか。誰かと繋がっていたいっていう気持ちか」

アオも同じように空を見上げる。

「私たちは、自分でも気づかないうちに、たくさんの人と繋がっているんだね。繋がっていたいって願ってるんだね」

俺の手の中で、彼女の指が小さく動く。

ずっと、こうしていたい。まだ爆発は起きない。いつくるかわからない終わりの瞬間を待つ、この時間がずっと続けばいいのにと思う。

「ねぇ、久太郎……あと一つだけ、約束してくれる？」

「どんな？」

「私たち、助かるよね？　また、こうやって話ができるよね？」

思わず、触れ合っていた手を、ぎゅっと強く握りしめてしまう。

すぐに取り繕おうとするが、手遅れだった。一瞬の仕草で、アオは気づいていた。

当たり前だろ。

そう口にするだけだった。それだけで、いいはずだった。

でも、声を出そうとすると、頭にネジを締め込まれてるような痛みが走る。声が出ない、たった一言がいえない。

「約束、できないの？」

アオの表情から、笑みが消える。

「ねぇ、私のいる場所は、安全だって言ったよね。じゃあ、久太郎のいる場所は？　そこにいた人も、助かったの？」

俺が未来で見た新聞記事では、東棟の生存者は一人だけだった。

ヘリポートの上には、他にも何人か避難していたらしい。マークの上に集まって、ヘリで救助が来るのを待っていた。だけど、先に爆発が起きた。立っている場所の数十センチが生死を分けたという専門家のコメントも載っていた。

「なに、それ。ふざけないでっ！」

アオが叫ぶ。ヘリポートの真ん中を蹴って、俺に抱きついてきた。

小さな体を受け止める。

耳元で、アオが叫んだ。

「私だけ助けるつもりだったの。そんなの許さないっ！　私も久太郎と一緒のところにいるっ！」

その目には、涙が滲んでいた。二人ともが助からないかもしれない状況を悲しんでいるわけじゃない。ただ、俺がやろうとしていたことに傷ついていたようだった。

「アオ、聞いてくれ……俺、君に一つだけ、嘘をついてたんだ」

あと、どれくらい時間が残されているかわからない。

彼女を助けるために、他にやり方が見つからなかった。

「俺が、約束を守り続ける体質になったきっかけのことだ」

アオは、ぜったい離さないというように腕に力を込める。体をくっつけたまま、耳元で囁くように答えてくれた。

「だから、お父さんとの約束でしょ」

「あれ、嘘だったんだ。俺にとってたった一つの約束は、君なんだ」

再会してから、ずっと言えなかった言葉。照れくさくて、重すぎるような気がして、咄嗟に嘘をついていた。でも、今は、知っていて欲しかった。

俺が、どんな約束のために生きてきたのか。

「夏休みの終わりに、君と交わした約束。あれだけが、俺にとってなによりも大切な、たった一つの約束だったんだ。あの約束が俺を生かしてくれた。そのためだけに、すべての約束を守り続けてきたんだ」

記憶のずっと深いところ、長いトンネルの中を歩いている途中で振り返ったときに見える外の光のように、あの日が輝いている。

肌を焼くような日差し。降り注ぐ蟬の声。空を飲み込む入道雲。神社の石段にすわったときのひんやりした感触。サイダーの炭酸が弾ける音。汗だくになって駆け抜けた雑木林。Tシャツのまま飛び込んだ川の冷たさ。花火のあとの切ない帰り道。

君と出会った、遠い夏の日。

そして交わした、たった一つの約束。

その約束を守るためだけに、生きてきた。

「俺にとって、君との約束はいつだって希望だった。君が生きていてくれないと、俺が約束を守ってきた意味がなくなる」

さっき、約束は一人じゃできないといった。

でも、そうじゃない。一人でも、約束はできる。

病院を出るとき、自分自身に約束した。アオを守る。なにがあっても、彼女を守る。

アオは体を離して、正面から見つめる。それから、両手を振り上げて、子供のように俺の胸を叩いた。

「そんなの、勝手すぎる！」

彼女の両手をつかむ。

そして、口を塞ぐようにキスをした。

初めてキスをしたのは、付き合ってくれないかと言ったとき。

これで二度目。唇の上で小さな泡がぱちぱちと弾けているように熱かった。まるで、遠い夏の日に飲んだサイダーのようだった。

アオは、驚いたように動きを止めた。でも、すぐに思い出して、手を振り払おうとする。

下の方で、彼女の手をつかむ両腕に、力を込める。

 下の方で、地鳴りのような低い音が響いた。

 それが伝えてくる。もうすぐ時間だ。

「だから言ったろ。約束は自己満足なんだよ」

そう呟いて、手を離した。

それから、肩を押すようにしてアオを突き飛ばす。

地面が跳ね上がった。

これまでとは比べものにならない、世界が揺れるような衝撃がやってくる。

視界の先で、アオは尻もちをついていた。そこはちょうどヘリポートのマークの真ん中だった。

アオは、揺れで立ち上がることができないようだった。必死に、俺の方に手を伸ばす。

「いやだ、久太郎っ！」

アオが叫ぶ。

その目から、涙が溢れていた。

アオの伸ばした手が遠ざかる。そこで、俺の立っている場所が崩れているのに気づいた。

たくさんの瓦礫と一緒に空に放り投げられる。

両手を広げるように落ちていく。目に映るすべてが滅びていくようだった。

視界の先で、アオが泣き叫んでいるのが見えた。

そんな顔、すんなよ。俺のために、泣かないでくれよ。

体が重力の糸に引かれるのを感じながら、頭の中はどこまでも落ち着いていた。

親父から返してもらった小学生のアオからの手紙が浮かんでくる。病院からここに来るまで電車の中で、何度も読み返した。

一通目には、新しい生活のことが書いてあった。無事に札幌に着いたこと。素敵な街ですぐに気に入ったこと。食べ物がおいしいこと。九月なのにもう涼しいこと。

二通目には、友達ができたことと寒くなってきたこと。それから、手紙をなかなか返さない俺に、なにやってるの、遅すぎる、という催促が付け足されていた。

三通目には、近況報告はなかった。

これまでの手紙に比べたらずっと短い文章が、きっちりとした字で綴《つづ》られていた。

返事をくれないのは、きっとなにか事情があるんだよね。手紙は、無理に返さなくていいよ。その代わりね、一つだけお願いがあるの。もう会えなくたっていい、どこでなにしてたっていい。でも、あなたはいつだって私のヒーローだった。これからも、ずっと、私のヒーローでいてください。


子供のころから変わってない。再会しても、アオは、あの日のままだった。優しくて、ひた向きで思い込みが激しくて、でも、そんなお前だからこそ、俺は、約束のためにすべてを捨てることができたんだ。

君に会えて、よかった。

君と約束ができて、よかった。

あの夏の日に交わした約束は、俺の人生にとって、たった一つの宝物だった。

体が落下していく。頭上から降り注ぐ瓦礫が空を塞ぐ。アオの姿はもう見えない。

でも、不思議と不安はなかった。きっと、あいつは大丈夫だ。後悔の一欠片も浮かんでこない。

意識が途切れる直前。
最後に、小さな言葉が浮かんだ。
アオ……俺は、君のヒーローでいられたかな。

エピローグ

もうすぐ、幕が上がる。

私がずっと夢見ていた瞬間がやってくる。

小学校にあがるころには、もう夢は決まっていた。私の人生は、そのためになにをするかだけでできていた。東京に出てから十年、必死で努力してきたけど一つもチャンスをつかめなかった。彼と再会することがなかったら、とっくに諦めてた。それが、やっと、実を結ぶときがきたんだ。

心臓が全力で脈打ってる。緊張とは違う。興奮とも少し違う。ただ純粋に、私はここにいると叫んでる。

それに、この夢はもう、私一人だけのものじゃない。彼と二人のものだ。

彼は……森久太郎は、二年前からずっと病院のベッドで眠っている。

二年前に起きたホテルの崩落事故は、しばらくテレビやネットで話題になった。巻き込まれたのは二人だけ。私は崩落から二時間後に救出され、奇跡の生還としてニュースに取り上げられた。こんな形で、全国ネットのテレビに出演するとは思わなかった。

あちこちを擦りむいたり火傷したりしていたけど、大きな怪我はなかった。理由は、後から専門家の人たちがテレビで説明していた。私が立っていたヘリポートの中央部分は崩落のタイミングが遅かったため、すでにできていた瓦礫の山の上に投げ出される形になって落下距離が小さかったこと。ちょうど鉄筋の隙間に体が収まっていて瓦礫の下敷きにならなかったこと。幸運だった、私がいた位置が五十センチずれていたらどうなっていたかわからない。それを聞くたび、胸が締め付けられるような痛みを味わった。

その位置を教えてくれた人は、帰ってこなかった。

崩落に巻き込まれたもう一名は、意識不明の重体とだけ報道されていた。

久太郎が救出されたのは半日後。瓦礫に手や足を挟まれて全身に怪我を負っていた。でも、一番の問題はそこじゃない。頭部に強い衝撃を受けたらしく、昏睡状態が続いていた。

事故には不可解な点が多く、テレビではしばらく検証番組をやっていた。直接の原因は放火、それが運悪く地下に溜まっていた天然ガスに引火してしまった。けれど、なぜ久太郎がそのことを知っていたのか。爆弾の予告をした人物は誰だったのか。しかも、久太郎はこの場所に現れる直前まで九州の地方都市でドミノのギネス記録挑戦の手伝いをしていたという。約束が引き起こした謎は、ちょっとの間だけ世間を騒がせた。

でも、それも一週間すると、次の事件が起きて忘れ去られていった。そして、報道がまったくされなくなっても、久太郎は目覚めなかった。

事件から九日後。私は久太郎のベッドの傍で、彼が目を覚ますのを待っていた。

頭に痛々しく巻かれた包帯。右腕と左足にはギプスがはめられている。でも、その顔は眠っているように綺麗だった。

お医者さんには、いつ目が覚めるかわからない。むしろ、一生、目が覚めない可能性の方が高いと言われていた。それでも、私にできることは他になかった。

事故からずっと、眠り続ける彼を見つめて過ごしていた。

涙はもう出尽くした。ありがとうも嗄《か》れるくらい言ったし、なんであんなことしたの、ふざけんな、残される身になってみろ、とひとしきり恨み言もいった。

もう、私の中に残っているものはなにもなかった。

抜け殻のような心を抱えて、ベッドに横たわる恋人を見つめる。

腕や下半身にいろんな管がつけられている。がっしりしていた体も日が経つにつれて細くなっていくだろう。そんな彼を、ただ見守ることしかできない。

この抜け殻のようになった心こそが絶望なのだと気づくのに、時間はいらなかった。心の中では、彼が目覚めないことを受け入れ始めていた。

そんなときだった。辻井未耶子さんが、初めて病室にきたのは。

未耶子さんの話は、久太郎から何度も聞いていた。想像していたイメージとそっくりだったので、病室に入ってきてすぐに彼女だとわかった。

未耶子さんは、久太郎のお父さんが亡くなったので見舞いに来るのが遅くなったと謝った。それから、私を見て「あなたが、国木アオさんね。イメージとぴったりだわ」と、私が思っていたのと同じようなことを呟いた。

未耶子さんは、ぽつりぽつりと、久太郎の中学や高校のときの話をしてくれた。彼女とはすぐに仲良くなって連絡を取り合うようになる。未耶子さんが助けてくれなければ、私一人で、久太郎の入院費用を二年間も払い続けるのは大変だっただろう。

「彼の約束を守り続ける体質のことは、聞いてる？」

しばらく話をして、お互いのことが少しはわかってきたころ、未耶子さんは唐突に口にした。

「聞きました。きっかけが、私との約束だったたってことも」

屋上で打ち明けられた事実は、胸の中で、いつまでも消えない火のように熱を持っている。

ぜんぶ、私のためだった。彼は、私のために約束を守り続けてきた。そんなの、最後に言うなんてずるい。だって、なにも返せないじゃないか。

「彼のお父さんが、同じ体質だったたってことは？」

「それは、初めて聞きました」

「武雄くん……この子のお父さんね、死ぬ前に言ったのよ。久太郎と約束していてよかったたって。やっぱり、約束は希望だったたって。あんなに、約束に絶望していた人がね」

その言葉が、ちくりと胸に刺さる。

約束。それに私たちは振り回されてきた。

小学生のときに交わした約束は、未来への願いだった。再会できたのも約束のおかげだった。それから、途切れないように約束を交わしながら毎日を過ごした。約束だけが、私と久太郎を繋いでくれた。

でも、約束は、久太郎を守ってくれなかった。再会したとき、また会う約束をしなければ彼はこんな怪我はしなかったのに。夏の日の約束がなければ、久太郎はもっと自由に人生を歩んでいたのかもしれないのに。

久太郎は私に、たくさん約束の意味を教えてくれた。なにげない会話の中に混じって日常を彩ってくれるもの。努力目標として交わされるもの。大切な人との絆だったりもするし、遠い日の願いだったりもする。行き場のない想いの入れ物として使われることも、誰かと繋がっていたいという気持ちの代わりになることもある。

久太郎は、それはいつだって希望だったと教えてくれた。

「でも……私には、約束が希望だなんて、思えません」

気がつくと、そう口にしていた。

未耶子さんは私を振り向いて、寂しそうに笑う。

病室の廊下から、午後の予定を確認する看護師さんたちの話し声が聞こえてきた。それが通り過ぎるのを待ってから、彼女は小さく呟いた。

「武雄くんが約束から解放されたのは、十五年が経ってからだったわ。久太郎は、今もまだ、約束を守ろうとしているのかしら」

久太郎の意識は、事故から一度も戻っていない。約束を守るなんて、もうできるわけない。

それなのに、大事な約束があるといって急に起き上がりそうな気もする。今この瞬間にも、あの微かな地震が起きて、どこかに消えてしまいそうな気がする。そんなこと有り得ないとわかっていても、下手な嘘に縋りつくように空想してしまう。

守ってみせなさいよ。約束は絶対に守るんでしょ。まだ、色んな約束を残してるはずでしょ。

目を開けてよ。なんでもいい、約束を守りにいきなさいよ。

でも、どれだけ願っても、久太郎は眠ったままだった。

未耶子さんは、近いうちにまた来ると言って帰っていった。

二人きりになった病室、久太郎の動かない横顔を見つめていると、ふわりと未耶子さんの言葉が蘇ってきた。

──久太郎は、今もまだ、約束を守ろうとしているのかしら。

久太郎が約束を守り続ける体質になってから、十年。もしお父さんと同じだとすれば、あと五年は約束を守り続けるはずだった。

屋上で、久太郎に告げられた言葉が浮かぶ。

――夏休みの終わりに、君と交わした約束。あれだけが、俺にとってなによりも大切な、たった一つの約束だったんだ。

なにか、見えない光の塊のようなものが、全身を貫いた。

その光が残していったように、頭の中に、幼い日の彼の声が響いた。

「もし、お前が辛いことや悲しいことがあったとき、どうしても一人じゃ耐えられなくなったら、どこにいても駆けつけるからな」

それが、あの夏の日に交わした、彼との約束。

久太郎が人生をかけて守ってくれた約束。

でも、それだけじゃない。

もし彼に、まだ少しでも約束を守る力が残っているのなら……それを引き出すことができるのは、あの夏の日に交わした約束だけだろう。

縋るような思いつきだった。でも、なぜかその思いつきには、不思議な説得力がある気がした。もう一度だけ、約束を、信じてみようと思った。

看護師さんが開けていった窓から、爽やかな風が吹き込んでくる。ふわりと広がるカーテンの隙間から見えた空は、春の訪れを告げるような淡い青色だった。

立ち上がり、窓に歩み寄る。まばらに浮かぶ雲。柔らかな春先の日差し。遠い空から吹いてくる風を全身で受け止めながら、静かに思い出す。

あの夏の日、私はもう一つ、約束をしていたんだ。


あの日から、二年がたった。

この二年は、本当に必死だった。これまでだって必死じゃなかったわけじゃない。東京に出てから、いや、夢を胸に抱いてからずっと努力してきた。

だけど、もうこれは、私一人の夢じゃない。二人の夢になったんだ。その分だけ、毎日に重圧を感じながらあがいていた。

これまで以上に練習に打ち込み、オーディションを受け、地道な売り込み活動もした。事故から二週間後に撮影再開された南部さんのドラマ『考古学探偵スオウ』の第三話で殺される役はネットでちょっとした話題になるくらいには注目された。それから、舞台やドラマで小さな役がもらえるようになり、少しずつ名前が知られるようになった。昼の連続ドラマの敵役になり、深夜ドラマの脇役をかけもちし、お菓子のCMにも起用され、そして、二年が経って、ついに念願の舞台の主演に選ばれた。演出は、南部さん。これで私も、南部ファミリーと胸を張っていいだろう。

今日は、舞台の初日だ。衣装に着替え、メイクをし、ステージ上でその時を待っている。

舞台に上がる前、楽屋で彼からもらった井の頭公園の絵葉書を眺めた。私の夢は、あの日から前に進んだ。でも、彼との時間は止まったままだ。

ゆっくり、幕が上がる。

私の夢が叶うときがきた。ううん、私たちのだ。

この幕が上がるとき。それは、私たちの時間がもう一度、動き出すときのはずだった。

チケットは完売だった。客席にはたくさんのお客さんがいて、幕の向こうから姿を現した私を拍手で迎えてくれる。

でも、一番前の右端の席だけは、ぽっかり空いていた。あの席のチケットだけは、特別に押さえてもらっている。

チケットは、彼の病室、ベッドの隣に置いてきた。

きっと今ごろは……病室のベッドは空になっているだろう。風が吹いてカーテンが揺れる。でも、その部屋には誰もいない。そんな景色が、頭の中に浮かんできた。

拍手が止み、音楽が流れ始める。

静かに、始まりの台詞を頭に浮かべ、口を開く。

その時だった。ホールの一番奥の扉が開いた。そこから、係の人に付き添われるようにして、一人の男が姿を見せた。すっかり衰えた体を引きずりながら、周りの人に気を遣うように静かに入ってくる。

客席の間の通路で立ち止まり、顔を上げる。彼はその場に立ち尽くし、私を見つめた。

約束という言葉を口にするとき、ほとんどの場合は、約束を守る、と言う。

でもたまに、約束を叶える、と言うこともある。

約束はときとして、祈りに近いものになるのかもしれない。

彼から、たくさんの約束のカタチを教えてもらった。

この二年間、私にとってそれは、希望だった。

そして、今日の私にとっては、祈りだった。

遠い日、彼と交わした約束が頭の中に蘇る。

「私の舞台を見に来て。初めて主演をやるとき、一番前の席を空けておくから、きっと、見に来て」

止まっていた私たちの時間が、二年ぶりに動き出す音がする。

涙が零れそうになるのを堪えながら、体に染みつくほど練習した始まりの台詞を口にした。ここで、泣くわけにはいかない。やっと夢が叶ったんだ。

やっぱり、彼は、約束を守ってくれた。

Special Thanks

【モデル】

松浦 稀（まつうら・まれ）

Instagram、Twitterにて @marematsuura で活躍中。

お仕事のご依頼は、marematsuura2525@gmail.com まで。

【カメラマン】

Hana

Instagramにて @kie0087 で活躍中。

お仕事のご依頼は、kieohana@gmail.com まで。

本書は二〇一七年八月に、単行本として小社より刊行されました。
文庫化にあたり、加筆・修正しました。

|著者|瀬那和章　兵庫県生まれ。2007年に第14回電撃小説大賞銀賞を受賞し、『under　異界ノスタルジア』でデビュー。真っ直ぐで透明感のある文章、高い構成力が魅力の注目作家。他の著作に、「花魁さんと書道ガール」シリーズ、『雪には雪のなりたい白さがある』『フルーツパーラーにはない果物』『わたしたち、何者にもなれなかった』などがある。

今日《きょう》も君《きみ》は、約束《やくそく》の旅《たび》に出《で》る

瀬那和章《せなかずあき》

講談社文庫

定価はカバーに
表示してあります

2019年8月9日第1刷発行

発行者――渡瀬昌彦
発行所――株式会社　講談社
東京都文京区音羽2-12-21　〒112-8001
電話　出版（03）5395-3510
　　　販売（03）5395-5817
　　　業務（03）5395-3615

Printed in Japan

デザイン―菊地信義
本文データ制作―講談社デジタル製作
印刷―――豊国印刷株式会社
製本―――株式会社国宝社

ISBN978-4-06-516558-4

講談社文庫刊行の辞

二十一世紀の到来を目睫に望みながら、われわれはいま、人類史上かつて例を見ない巨大な転換期をむかえようとしている。

世界も、日本も、激動の予兆に対する期待とおののきを内に蔵して、未知の時代に歩み入ろうとしている。このときにあたり、創業の人野間清治の「ナショナル・エデュケイター」への志を現代に甦らせようと意図して、われわれはここに古今の文芸作品はいうまでもなく、ひろく人文・社会・自然の諸科学から東西の名著を網羅する、新しい綜合文庫の発刊を決意した。

激動の転換期はまた断絶の時代である。われわれは戦後二十五年間の出版文化のありかたへの深い反省をこめて、この断絶の時代にあえて人間的な持続を求めようとする。いたずらに浮薄な商業主義のあだ花を追い求めることなく、長期にわたって良書に生命をあたえようとつとめるところにしか、今後の出版文化の真の繁栄はあり得ないと信じるからである。

同時にわれわれはこの綜合文庫の刊行を通じて、人文・社会・自然の諸科学が、結局人間の学にほかならないことを立証しようと願っている。かつて知識とは、「汝自身を知る」ことにつきていた。現代社会の瑣末な情報の氾濫のなかから、力強い知識の源泉を掘り起し、技術文明のただなかに、生きた人間の姿を復活させること。それこそわれわれの切なる希求である。

われわれは権威に盲従せず、俗流に媚びることなく、渾然一体となって日本の「草の根」をかたちづくる若く新しい世代の人々に、心をこめてこの新しい綜合文庫をおくり届けたい。それは知識の泉であるとともに感受性のふるさとであり、もっとも有機的に組織され、社会に開かれた万人のための大学をめざしている。大方の支援と協力を衷心より切望してやまない。

一九七一年七月

野間省一

講談社文芸文庫

堀江敏幸

子午線を求めて

敬愛する詩人ジャック・レダの文章に導かれて、パリ子午線の痕跡をたどりながら、「私」は街をさまよい歩く。作家としての原点を映し出す、初期傑作散文集。

解説=野崎　歓　年譜=著者

ほF1
978-4-06-516839-4

藤澤清造　西村賢太 編・校訂

狼の吐息／愛憎一念

藤澤清造　負の小説集

貧苦と怨嗟を戯作精神で彩った作品群から歿後弟子・西村賢太が精選し、校訂を施す。新発見原稿を併せ、不屈を貫いた私小説家の〝負〟の意地の真髄を照射する。

解説・年譜=西村賢太

ふN1
978-4-06-516677-2

赤川次郎　三姉妹、清く貧しく美しく〈三姉妹探偵団21〉
赤川次郎　三姉妹と忘れじの面影〈三姉妹探偵団22〉
赤川次郎　三姉妹、舞踏会への招待〈三姉妹探偵団23〉
赤川次郎　三人姉妹殺人事件〈三姉妹探偵団24〉
赤川次郎　三姉妹、さびしい入江の歌〈三姉妹探偵団25〉
赤川次郎　沈める鐘の殺人
赤川次郎　静かな町の夕暮に
赤川次郎　ぼくが恋した吸血鬼
赤川次郎　秘書室に空席なし
赤川次郎　我が愛しのファウスト
赤川次郎　手首の問題
赤川次郎　おやすみ、夢なき子
赤川次郎　二重奏《デュオ》
赤川次郎　メリー・ウィドウ・ワルツ
赤川次郎ほか　二十四粒の宝石〈超短編小説傑作集〉
赤川次郎／横田順彌　二人だけの競奏曲
新井素子　グリーン・レクイエム
安土　敏　小説スーパーマーケット(上)(下)
安土　敏　償却済社員、頑張る

阿井景子　真田幸村の妻
浅野健一　新・犯罪報道の犯罪
安能務 訳　封神演義 全三冊
安部譲二　絶滅危惧種の遺言
安西水丸　東京美女散歩
トルーマン・カポーティ／安西水丸 訳　真夏の航海
綾辻行人　緋色の囁き
綾辻行人　暗闇の囁き
綾辻行人　黄昏の囁き
綾辻行人　殺人方程式〈切断された死体の問題〉
綾辻行人　鳴風荘事件 殺人方程式II
綾辻行人　十角館の殺人〈新装改訂版〉
綾辻行人　水車館の殺人〈新装改訂版〉
綾辻行人　迷路館の殺人〈新装改訂版〉
綾辻行人　人形館の殺人〈新装改訂版〉
綾辻行人　時計館の殺人〈新装改訂版〉(上)(下)
綾辻行人　黒猫館の殺人〈新装改訂版〉
綾辻行人　暗黒館の殺人 全四冊
綾辻行人　びっくり館の殺人

綾辻行人　奇面館の殺人(上)(下)
綾辻行人　どんどん橋、落ちた〈新装改訂版〉
阿井渉介　荒《あら》南《は》風《え》
阿井渉介　うなぎ丸の航海
阿井渉介　生首岬の殺人〈警視庁捜査一課事件簿〉
阿井渉介／阿部牧郎他　薄灯かり〈官能時代小説アンソロジー〉
阿井文瓶　伏龍〈海底の少年特攻兵〉
我孫子武丸　0の殺人
我孫子武丸　人形はこたつで推理する
我孫子武丸　人形は遠足で推理する
我孫子武丸　人形はライブハウスで推理する
我孫子武丸　新装版 8の殺人
我孫子武丸　眠り姫とバンパイア
我孫子武丸　狼と兎のゲーム
我孫子武丸　新装版 殺戮にいたる病
有栖川有栖　ロシア紅茶の謎
有栖川有栖　スウェーデン館の謎
有栖川有栖　ブラジル蝶の謎
有栖川有栖　英国庭園の謎

有栖川有栖　ペルシャ猫の謎
有栖川有栖　幻想運河
有栖川有栖　幽霊刑事《デカ》
有栖川有栖　マレー鉄道の謎
有栖川有栖　スイス時計の謎
有栖川有栖　モロッコ水晶の謎
有栖川有栖　新装版 マジックミラー
有栖川有栖　新装版 46番目の密室
有栖川有栖　虹果て村の秘密
有栖川有栖　闇の喇叭《らっぱ》
有栖川有栖　真夜中の探偵
有栖川有栖　論理爆弾
有栖川有栖　名探偵傑作短篇集 火村英生篇
有栖川有栖 篠田真由美 二階堂黎人 法月綸太郎　「Y」の悲劇
有栖川有栖／恩田陸 加納朋子／貫井徳郎 法月綸太郎　「ABC」殺人事件
姉小路祐　署長刑事《デカ》 徹底抗戦
姉小路祐　監察特任刑事《デカ》
姉小路祐　影のクロス〈監察特任刑事《デカ》〉
姉小路祐　緘《かん》殺《さつ》のファイル〈監察特任刑事《デカ》〉

秋元康　伝染歌
浅田次郎　日輪の遺産
浅田次郎　勇気凜凜ルリの色
浅田次郎　四十肩と恋愛 勇気凜凜ルリの色
浅田次郎　地下鉄《メトロ》に乗って
浅田次郎　霞町物語
浅田次郎　福音について 勇気凜凜ルリの色
浅田次郎　満天の星 勇気凜凜ルリの色
浅田次郎　ひとは情熱がなければ生きていけない〈勇気凜凜ルリの色〉
浅田次郎　シェエラザード(上)(下)
浅田次郎　歩兵の本領
浅田次郎　蒼穹の昴 全四巻
浅田次郎　珍妃の井戸
浅田次郎　中原の虹 全四巻
浅田次郎　マンチュリアン・リポート
浅田次郎　天国までの百マイル
浅田次郎 原作 ながやす巧 漫画　鉄道員《ぽっぽや》／ラブ・レター
青木玉　小石川の家
青木玉　底のない袋

青木玉　記憶の中の幸田一族〈青木玉対談集〉
阿部和重　アメリカの夜
阿部和重　グランド・フィナーレ
阿部和重　ABC〈阿部和重初期作品集〉
阿部和重　ミステリアスセッティング
阿部和重　IP／NN 阿部和重傑作集
阿部和重　シンセミア(上)(下)
阿部和重　ピストルズ(上)(下)
阿部和重　クエーサーと13番目の柱
阿川佐和子　マチルデの肖像〈恋する音楽小説2〉
麻生幾　加筆完全版 宣戦布告(上)(下)
麻生幾　奪還
安野モヨコ　美人画報
安野モヨコ　美人画報ハイパー
安野モヨコ　美人画報ワンダー
有吉玉青　風の牧場
有吉玉青　美しき一日《いちじつ》の終わり
甘糟りり子　産む、産まない、産めない
赤井三尋　翳《かげ》りゆく夏

2019年6月15日現在